マドンナメイト文庫

人妻巨乳バレーボーラー　寝取られM化計画

藤 隆生

目次

contents

人妻巨乳バレーボーラー　寝取られM化計画

第一章　人妻バレーボーラーM化計画

（やだ、どうしてよりにもよってこの試合のビデオなの？）

大画面に再生された自身の大学時代の試合映像を見て、美織《みおり》は顔を赤くした。

いまから約八年前、海外の会場で行われた試合の映像だった。今夜、自宅での食事に招いてくれた、元全日本女子バレー代表監督の井崎健吾《いざきけんご》が、懐かしい映像が出てきたと、夫もいる前で再生しはじめたのだ。

かつて日本代表で活躍した満島《みつしま》美織は、自分のテレビ映像などさんざん見てきたが、この試合に限っては特別な感情があった。

海外での連戦のさなか、ユニホームを洗濯した際、現地の洗剤や乾燥機が合わなかったのか、生地がかなり縮んでしまっていた。

他の選手たちはスリムな体型の人間が多くあまり気にする様子はなかったのだが、

バストはGカップ、ヒップのほうも当時で九十センチを越えていた美織の身体には、まさに布がはりついている状態だったのだ。

(ああ……いやだ……)

ネット前で味方にサインを出す際に突き出された美織のお尻がアップになり、パンティラインがくっきりと浮かんでいる。

そしてブロックのためにジャンプすると、こちらもブラジャーのレースの形が浮かびあがった豊満なバストが大きくバウンドする。

「髪の毛短いな」

夫の康介《こうすけ》は気がついていないのか、ワインを片手に、学生時代はショートカットだった妻を微笑ましく見ている。

(そんなに跳ねたら……)

試合が始まるとプレーに集中するのが常なので、大学生の美織は縮んだユニホームの裾から白いお腹が覗いているのも忘れて、飛び跳ねている。

二つの乳房が上下に自在に跳ね回り、いまにもユニホームが裂けてしまいそうだ。

(やだ、すごくアップで……)

海外のテレビ局のカメラが無遠慮に美織のムチムチしたヒップやバストを拡大する。

とくにしつこくヒップが撮られ、迫力のある尻肉の割れ目までもが伸びきった布越しに見せつけられていた。

それがテレビ画面に大映しになるのだ。美織はもうとても見ていられなかった。

(やだ……身体まで熱くなってきた……)

汗を流しながら、はりついた布にグラマラスな肉体を浮きあがらせる、過去の自分の姿を見せつけられ、美織はもう顔だけでなく身体中が熱かった。

そしてなぜか股間の熱さがやけに強く、むず痒ささえ感じるのだ。

(早く終わって……)

美織はイスに座る長身の身体をモジモジさせながら、羞恥に心を焦がしていた。

「ほら、遠慮しないでもっと飲んでいいんだぞ、美織、康介」

ビデオの再生がようやく終わり、すでに顔を赤くしている井崎健吾が、けっこう高そうなワインをグラスに注いできた。

「いただきます」

美織はあまりお酒が強いほうではないが、健吾に勧められたら無下《むげ》に断ることもできない。

なにしろ健吾は元全日本女子バレーチームの監督であり、当時、エースアタッカーとして代表だったのが美織で、いわゆる師弟関係に当たる。

「あなたはもうほどほどにしなさいよ」

現在はバレーボール協会で副理事長をしている井崎健吾だが、すでにちょっとふらついている。

それを見ていた彼の妻であり名コーチとしても知られる真里《まり》がたしなめている。

彼女もまたバレーボール協会の理事であり、いわば日本バレー界の重鎮夫婦である。

「じゃあ、僕がいただきます」

こちらもけっこう顔が赤い康介が、グラスの中の赤ワインを飲み干していく。

康介も元日本代表のバレーボールプレイヤーで、一流のアスリートだっただけあって、体力もすごいが酒のほうもかなりものだ。

「ワシだってまだまだ平気だぞ、なあ、康介」

「うっす、監督」

いかにも体育会系のノリで会話しながら、二人はどんどん飲んでいく。

康介が大学時代は、健吾がそこの監督をしていた。もう親子以上のつながりだと言っていいくらい気心が通じている感じがする。

「ちょっと康介さんもほどほどに」

今日は美織たちが結婚して二周年の記念にと、健吾と真里の夫婦が食事に招待してくれたのだ。

真里の豪華な手料理が振る舞われ、健吾はとっておきのワインを出してくれている。

もし康介が酔っ払いすぎて嘔吐でもしたらえらいことだ。

(あなたを推してくださってる先生たちなんだから……)

もう耳まで赤くしてる夫をたしなめながら、美織はテーブルを挟んで座る健吾と真里を気遣っていた。

二十九歳の美織よりも六歳年上で、実業団チームの監督として今年はいい成績を残した夫、康介には大きな夢がある。

『いつか自分が日本代表を率いてオリンピックに出るんだ』

選手時代は日本代表には入っていたものの、準レギュラークラスだった康介は監督としてメダルを狙いたいと常々口にしていた。

実際、康介は指導者としての才能があり、美織も彼が子供たちに指導している姿を見たことがあるが、わずかな時間で全員が実力をアップさせていて感心するばかりだった。

（なんとかその夢を叶えてあげたい……）

夫の夢の力になりたいと美織はいつも願っている。ただ選手として日本代表に入るには、簡単に言えば実力があれば選ばれるのだが、コーチや監督はそうはいかない。指導力があるのは当たり前で、そこからプラスしていろいろな人間関係や複雑な事情が絡んでくる。

自身も日本代表のアタッカーとして毎年のように国際試合の舞台を踏んでいた美織は、そのあたりもよくわかっていた。

（康介さんが監督になれるかどうかは、このお二人にかかっているといっても……）

協会では副理事長の健吾だが、次期理事長は確実と言われている。

そのくらい人望もあるし、妻の真里もまた女子バレー界では派閥の長《おさ》と言われるくらいの実力者だ。

この二人の推薦があれば、代表監督としては若いと言える康介にもチャンスが巡ってくるかもしれないから、親子のようないまの関係を失うわけにはいかないのだ。

ただ幸い、健吾はことあるごとに康介のことをいずれは代表の監督になる男だと言ってくれているらしかった。

「懐かしいな、わははは、松茸の糸吊り」

そんなことを考えていたとき、急に健吾が大笑いを始めて美織ははっとなる。

そして同時に松茸の糸吊りという聞き覚えのある言葉に顔を真っ赤にした。

(確か……男の人のアソコを……)

心の中ですら男性器の名前を呟くことができない美織は、男は夫一人しか知らず、バレー一筋といっていい人生を歩んできた。

松茸の糸吊りというのは、康介が卒業した大学に伝わる罰ゲームで、テーブルかなにかに四肢を縛り付けた男の肉棒を上から糸で吊るすらしかった。

元監督の健吾と康介は昔を思い出してゲラゲラ笑っている。

「でもあれって、ほんとはSMプレイのときに女にやるのを応用したらしいんだよな」

健吾のさらなる発言に他の三人ははっとなって、ワイングラスの手を止めた。

「女の人にって……どうするんですか?」

康介がやけに興味深そうに健吾に聞き返した。

「お豆を糸吊りにするんだよ。男のアレの何倍も敏感だからな。まあマゾッ気の強い女じゃないと耐えられないらしいけどな」

健吾は自分の小指に糸を巻きつけるような仕草を見せて康介に説明している。

（お豆って……やだ……）

お豆が指す部分が女の一番敏感な部分、クリトリスであることを美織は察していた。

（あんなところを糸で吊るって嘘でしょ……）

自宅で二人きりのときに夫の康介が松茸の糸吊りについて話したことがあった。テーブルに手脚を大の字に縛られ、上に向かって肉棒を吊り上げられる。冗談にしても度が過ぎているのではと美織は顔をしかめた。

（クリちゃんみたいな敏感なところを上に吊られたら……どうなるのかしら）

いくら男は夫だけしか知らないとはいえ、美織もいちおうは人妻であるから、クリトリスの敏感さ、そして快感も知っている。

そこを糸で吊られ、身体はテーブルに固定されて動かせないのだから、腰を浮かせるくらいが精一杯だろう。

相手の力加減次第で女の最も感じる場所が引き延ばされてしまうのだ。

（えっ、やだ……）

つい自分の敏感な突起を引っ張りあげられる瞬間を想像してしまった美織は、背中に強い寒気を感じた。

同時になぜか膣の奥のほうに疼くような感覚を覚えた。

（どうして……）

背中が震えたのは嫌悪感からかもしれない。だが膣の奥が反応するのはなぜか。

こうなると背中の悪寒もなにによるものなのかわからなくなってきて、美織は激しく戸惑ってきた。

「いい加減にしなさい。セクハラよ、まったく」

調子に乗りすぎている男二人の頭を、真里が自分の履いているスリッパではたいた。

「いてて、お前のほうは暴力じゃないか」

少し禿げあがった頭を撫でながら健吾が文句を言っている。

「ちょっと二人で頭を冷やしてきなさい」

真里はちょっと本気で怒っているようで、健吾も康介も少しばつが悪そうな顔をしている。

「康介、書斎で飲み直すか」

ここは逃げたほうが懸命だと判断したのか、健吾がワインボトルを手に立ちあがる。

「は、はい……」

康介も慌てて後ろをついていく。見た目も少しきつめの真里は怒ると怖いと評判なので、選手や若手コーチはみんなビビっていた。

「ごめんね、美織。馬鹿な旦那で」

あきれたようにため息をついて巨体の二人の背中を見送りながら、真里は笑った。

「い、いえ。私も体育会系の人間ですから、このくらいは」

本気で怒っているように見えたのは、どうやら演技だったようで美織はほっとした。

女子の飲み会などではそこまで乱れることはないが、体育会の男子だけの宴会ともなると序盤で全裸というのも珍しくないというくらいは知っていた。

「ふふ、まあ、女同士で飲み直しましょ。あの人の秘蔵のワインも呑んじゃえ」

意味ありげな笑いを浮かべた真里がワインセラーから新たなワインボトルを取り出して、栓を抜いた。

「それで監督。いかがでしょうか」

健吾のあとをついて書斎に入り、ドアを閉めるなり康介は彼に尋ねた。

「そうだな……」

けっこう広めの書斎にある、革張りのイスに腰を下ろした健吾は難しい顔をしている。

実は二人ともワインをがぶ飲みしていたが、もともと大酒飲みのたちなので自分を失うほど酔っていたわけではない。

泥酔したふりをしていたのだが、それには目的があった。

「糸吊りの話を聞いたときに明らかに目つきが妖しくなったな。私も意外だったが美織にはその気があるようだぞ、ふふふ」

ニヤリと笑った健吾の顔を見た瞬間、康介はゾクゾクと背中が震えた。

「ほ、ほんとうですか？」

声がうわずり息も荒くなっていて、康介は自分でも興奮しているのがわかる。

バレー界のアイドル、美貌の全日本エースと言われた美織と結婚して二年、康介はある思いに囚われるようになっていく。

（俺は妻を満足させているのだろうか……）

身長百七十六センチ、トップレベルのバレー選手としては小さい部類に入る美織を支えたのは、驚異的な跳躍力だ。

そのジャンプを生むのは、しっかりと筋肉がついたヒップと太腿だ。バレー選手は過度に身体を絞る必要がないので、脂肪が乗った、迫力と色香のある下半身を見せつける。

引退してからさらに色っぽくなった桃尻に加え、現役のときから美織が一番注目を集めていたのは、その乳房だ。

『揺れるGカップ』

下世話な週刊誌などによくそんな記事が躍っていた。現役引退後にさらにサイズがアップし、いまではHカップの巨乳だ。

それだけの大きさを誇りながらも、鍛えられた筋肉に支えられ、垂れることを知らないかのように美しい丸みを保っている。

そんなグラマラスなボディを持つ元アイドルアスリートの身体を独占しているというのに、康介の悩みは深くなる一方だった。

(俺のチ×ポで美織は感じてくれているのか……)

学生の頃から康介は自分の巨体に対して、肉棒が小さいことに悩んでいた。

高校時代の運動部ではない小柄な友人よりも小さく、体育系の大学に進んでからは、周りの男子たちとのサイズの違いに打ちのめされた。

そんな自分が美織の初体験の相手となったので、彼女はこれ一本しか知らないはずだが、その妻を性的に満足させているのだろうかと、思いつづけていた。

そしていつしかその悩みはある思いへと変化していく。

(美織が感じまくって乱れる姿を見てみたい)

自分の肉棒でなくてもいい、太く逞しい怒張でいまだ初々《ういうい》しいピンクの秘裂を掻き回され、すべてを失ったようによがり狂う美織を見たいという考えに囚われていた。

そしてその妄想をするようになってから、康介はいままでの人生で一度もないくらいに異様な興奮を覚えるようになっていた。


「監督……僕はおかしくなったかもしれません」

自分の心にこびりついたように離れないその思いを、康介は思いつめたあげく恩師である健吾を呼びだして相談した。

健吾を父や兄のように慕っているからだけではない。

妻の真里と四十歳を過ぎて結婚するまでの健吾はけっこうな遊び人で、女性経験が多いだけでなく、ＳＭプレイなど変態的な行為も多数していると、仲のいい選手たちには話していたからだ。

『真里と結婚してなけりゃ女子代表監督のお声もかからなかっただろうな』

厳しいことで有名なコーチだった真里と結婚してすっかりと遊びもなりを潜めたと言われるようになってから、健吾は監督となりオリンピックにも出場した。

真里の内助の功というか、それほど怖い奥さんなんだろうというのが、康介たち教え子の感想だった。

「まあ……うん……おかしいといえばそうかもしれないが……昔からそういう性癖の人はけっこういるぞ」

そんな健吾ならばなにか答えを持っているかもしれないと思い、悩みに悩んだあげくの告白だったが、康介の吐露を聞いた元師匠の反応は意外にあっさりとしていた。

「えっ」

「お前は真面目だったからな。でもスワッピングっていう言葉くらいは聞いたことがあるだろう」

地下にあるバーの個室を選んで告白した康介に健吾は冷静に答えてくれた。

康介も夫婦交換という行為があるのは知っていた。よくはわからないが自分の妻や恋人を他の男に抱かせ、その相手の妻を抱くというプレイらしい。

よほど性欲が有り余っている夫婦のする行為だと認識していたが、健吾の見解は違っていた。

「自分の嫁さんが他の男で感じている姿に嫉妬する。そのつらさが興奮に変わるんだよ。俺は女を縛ったりよがらせたりするＳＭのほうが専門だから詳しくはしらないがな」

少し禿げた頭を掻きながら健吾は言った。健吾のSM好きは愛弟子である康介はよく知っていて、実際にプレイ写真を見せてもらったこともあった。

「し、嫉妬ですか……た、確かに……」

康介は確かに思いあたることがある。美織が他の男の肉棒でよがらされている姿を想像するたびに、胸が掻きむしられるくらいに苦しいのに、なぜか肉棒だけがギンギンに勃起しているのだ。

そしてなぜか康介は同時に、酔っ払った健吾が以前に見せてくれた、ロープでがんじがらめに縛られ、天井から片脚吊りにされた女の画像を思い出した。

その女の顔だけはなぜか妻の美織だった。

「うっ……くっ」

酒は一杯程度しか飲んでいないのに、康介はバーのソファで前のめりになって嘔吐しそうになった。

反射的に口を手で塞いで堪《こら》えたが、ズボンの中の肉棒ははち切れそうなくらいに勃起していた。

「お、おい、大丈夫か」

これには健吾も驚き、対面のソファから移動してきて隣に座り、背中をさすってくれた。

「へ、平気です……か、監督、あの……妻を、美織を狂わせることは可能ですか？」

なんとか胃の中のものを吐き出すのを堪えて顔を上げた康介は、とんでもない言葉を口にしていた。

本能的というか、ほとんどなにも考えずに健吾に責め狂わされる美織が見てみたいと言ってしまっていた。

「お前……すごい顔になってるぞ。落ち着け、少し」

健吾がそう言って差し出した水の入ったグラスを、康介は一気に飲み干す。

だが身体の熱さはおさまらず、鍛えているはずの心臓も早鐘を打って鼓動しつづけていた。

「じゃ、じゃあ、監督。計画を実行してもらえるのですか？」

康介は書斎のイスに座る恩師に食い気味に問いかける。

バーのときは娘のような美織を責めるなどできるはずがないと言っていたが、それでも康介は食い下がり、最終的にマゾッ気がありそうならばというところに落ち着いた。

そして今日、美織の反応を見るためにわざわざユニホームにトラブルがあったという美織の試合の映像を再生したり、酔ったふりをしてクリトリスの糸吊りの話を出したりしたのだ。

（美織は興奮していたんだ……）

話を聞いたときの反応を見ればマゾッ気があるかどうかはわかると、健吾は康介に告げていた。

恥ずかしい姿になった試合をみんなに見られ、クリトリスを糸で吊されるなど女性にとって最高に屈辱的な行為を聞かされて、美織は反応していたのだ。

（やっぱり美織は……俺とのセックスで満足なんかしていない……）

手前勝手な理屈かもしれないが、美織はやはり欲求不満を抱《かか》えている。

そう考えても康介は怒りや哀しみではなく、歓喜に踊り出したい気持ちになるのだ。

「うーん、まあ、約束は約束だからな。そのかわりお前もちゃんとうまくやれよ」

康介が見たいから健吾とＳＭプレイをしてくれと美織に言っても、真面目で清純な彼女が受け入れるはずがない。

ではどうするか。健吾と康介はすでに計画を練っており、あとは実行するだけになっていた。

「は、はい、ぜひよろしくお願いします」

ついに愛する妻が他の男に色白でグラマラスな肉体を弄《もてあそ》ばれる。それを想像すると康介はさらに欲望を燃えあがらせた。

「康介さん、大丈夫」

興奮の極みに達し、いまにも射精しそうな康介の後ろでドアがノックされ、美織の声がした。

男二人、ビクッと背中を引き攣らせる。

「もう行け、康介。細かい話はまた後日だ」

健吾の囁きに頷いて、康介は書斎のドアを開いた。

「ちょっと心配になって」

「ああ……真里さんが怖くてここでは飲んでないよ。少し醒めてきたくらいだ」

そっと手を添えてきた妻にそう答えると、美織は大きな瞳を向けてにっこりと笑った。

「よかった」

純真で康介のことを一途に愛してくれる素晴らしい妻。そんな彼女を色欲の地獄に突き落とそうとしている。

自分はなんて罪深い行為をしているのだろうか。康介はつらくて泣き出しそうになると同時に、肉棒に異様なくらいの昂《たかぶ》りを覚えるのだった。

「ああ、シナリオどおりに進んでいる。ふふふ、もう康介は寝取られの欲望に取り憑かれてるな」

リビングに戻る康介と美織を見送ったあと、健吾はイスに身体をあずけてスマホを手に取った。

通話の相手は健吾の親友でバレー協会の理事長である高島龍太郎《たかしまりゅうたろう》だ。

「なに、ほんとうか？」

電話の向こうで龍太郎の声がうわずっているのがわかる。

それも仕方がない、あの女子バレー史上最高の美女と呼ばれた満島美織を調教することができるからだ。

普通なら健吾よりも三つ年上の先輩である龍太郎には敬語で接するのが体育会のしきたりなのに、親友付き合いをし、フランクに話をしているのは、彼もまた同じSM嗜好を持つ人間だからだ。

「あの大きな尻に早く浣腸してみたいもんだ」

龍太郎は重度のアナルマニアで、女の尻の穴にしか興味がない男だ。

昔はよく二人でマゾ女を責め狂わせていた。そんな彼は美織の現役時代からあの尻を責めたいとよく口にしていた。

当時全日本の監督だった健吾は、さすがに選手に手を出すわけにいかないと、そんな言葉はほとんど無視していたが。

「それで健吾、満島美織がマゾだというのは事実なのか」

「ああ、最初は口からでまかせのつもりだったんだがな。クリトリスの糸吊りの話をしたら明らかに目つきが変わったな」

そう言うと同時に電話の向こうで、龍太郎が唾を飲み込む音が聞こえてきた。

ＳＭプレイの話をしたときの反応を見ればマゾかどうかわかるというのは、はっきり言って嘘だ。

現役を引退してからさらに肉づきがよくなり、美貌も増したように見える美織を肉欲責めにすることができるチャンスを逃がさないための方便だった。

（だが明らかに牝の雰囲気になった……）

かつての教え子に淫靡な感情を抱きはじめていたときに、康介が性癖を告白してきたのは渡りに船で、健吾はそれを利用して自分の欲望を満たすべく嘘も言った。

ただクリトリスを糸吊りにされると聞いた美織は、マゾの灯火を瞳に宿しているとはっきり感じ取れた。

健吾自身、マゾの自覚のない女性からそれを感じ取ったのは初めての経験だった。

（並の女にはない底なしの体力もある。ふふ、とことんまで責め抜いてやるぞ、美織）

もう健吾に康介のためという気持ちは微塵もなく、このチャンスをものにして美織を牝犬に仕立てあげる欲望に燃えあがっていた。

「奥さんのほうも承諾ずみなんだよな？」

健吾自身もいつしか息を荒くしていたとき、電話の向こうから龍太郎の声が聞こえてきた。

「もちろんだ。真里も早く美織を責めてみたいと待ちわびているよ」

妻の真里は生粋《きっすい》のサディストで、男も女も責めるのが大好きだ。同じ趣味を持つ者同士だから健吾が他の女を縛ったりしていても文句も言わない、最高のパートナーだ。

計画を聞いたときの真里は、うまくやりなさいよと言いながら、なんとも淫靡な笑みを浮かべていた。

「そうか、俺の名前はいくら使ってもかまわないからな、よろしく頼むぞ」

「ああ、任せてくれ」

二人の男は興奮に息を荒くしながら、確認し合った。

(まさに男を狂わせる妖女だな。本人はどこまで堕ちていくのか……)

夫である康介を含めて、みんな、美織の魅力におかしくなっているようにも思う。

ただ健吾はこのまま狂ってしまうのもいい、美織はそれだけの女だと自分のすべてを長身で肉感的なボディにぶつけてやろうと思うのだ。


「美織、大変なことになった……」

家に帰ってくるなりバッグも置かず、夫の康介がキッチンにいた美織の前に駆け込んできた。

ふだんは康介がドアを開いた音を聞くと、美織は玄関まで迎えにいくのだが、そんな暇もないくらいで驚くばかりだ。

「俺に次期代表監督の話が来た。井崎監督から直々《じきじき》にだ」

康介は興奮した様子でエプロン姿の美織に報告してきた。

「えっ、よかったじゃない。夢が叶ったのね。おめでとう、康介さん」

彼の言葉に美織は飛び跳ねたいばかりの気分になり、思わず抱きついてしまった。

「高島理事長も俺を推してくれるらしい……ただ……」

急に康介の声のトーンが暗くなり、美織は彼の顔を見上げる。百七十六センチの美織でも上に仰ぐくらいの高さにある康介の顔が、やけに沈んでいるように見えた。

「一つだけ条件があるというんだ」

康介は声を大きくして言うと同時に腰に回されている美織の手を振りはらって、キッチンの床に土下座した。

「ど、どうしたの、康介さん。やめて」

いきなり頭を床に擦りつける夫の前に膝をつき、美織は頭を上げさそうとする。

健吾の出した条件というものと、康介の土下座がどうつながるのかわからず美織は狼狽《うろた》えるばかりだ。

「井崎監督から出た条件は、理事会で俺を推薦する見返りとして、美織、君の身体を自由にさせてくれという話なんだ」

「ええっ」

夫の口を突いて出たあまりの言葉に、美織は大きな瞳を見開いたまま固まった。

もう美織も子供ではない。身体を自由にさせろという意味くらいはわかる。

「そんな……監督がそんなこと言うわけが……嘘よね、私を担いでるんでしょ？」

大きな身体を丸くしてうなだれる康介の肩を両手で摑んで揺すりながら、美織は懸命に訴えた。

井崎健吾はいい歳をしていたずら好きなところがあるので、夫とぐるになってドッキリを仕掛けているのだと思いたかった。

「これは冗談でないと前置きして言われた。ずっと君の身体を狙っていたそうだ」

「そ、そんな……」

だが夫は下を向いたまま声を震わせて否定した。

厳しいが愛情を持って選手たちに接してくれた監督。もちろん健吾にそんな淫らな雰囲気を覚えたことは一度もない。

そのグラマラスな身体ゆえ、観客はもちろんマスコミにまで淫靡な視線を向けられ続けた美織だが、健吾はずっと選手として見てくれていたはずだ。

「監督が……どうして……」

美織は夫の肩から手を離すと、キッチンの床にへたり込んだ。

身体の力がすべて抜けてしまうくらい、強烈なショックを受け、言葉をうまく発することができなかった。

「すまん……」

夫はそう言ったままただ下を向いてうなだれている。

そのまま二人は無言のまま、静まりかえった時間が流れていく。

「それで康介さんは……なんて答えたの？」

互いに視線を合わせないまま沈黙が続いたあと、先に言葉を発したのは美織だった。

健吾から妻の身体を好きにさせろと言われて、夫の康介がなんと答えたのか知りたい。

「もちろんすぐに断ろうと思った、でも言葉が出なかった……すまん」

床を見つめたまま康介は声を絞り出すようにして言った。

「ああ、そんな」

全日本の監督になるのはずっと康介が抱いていた夢だ。

そして美織も元アスリートとして、オリンピックに出るという夢を叶えるために血を吐くような思いで練習をしてきた人間だ。

だから康介がとっさに夢を諦めるという判断ができなかった気持ちも理解できた。

(ああ……身体を差し出すなんて……それも監督に……)

若い頃はけっこうな遊び人だったという噂を聞いたことがあるが、美織が世話になっていた時期はそんなそぶりは微塵も見せたことがない。

だから健吾が自分の身体を求めているというのもショックだし、なにより康介以外の男性の前ですべてを晒すことも考えられなかった。

「美織……」

混乱するばかりの妻を康介は悲しげな瞳で見つめてきた。

「ひ、一晩、考えさせて……康介さん」

断ることも受け入れることもできず、美織はただ呆然とした表情でそう呟いた。


「すまん、遅くなった」

馴染みの料亭の一室、そこの襖を開けて井崎健吾は妻の真里に頭を下げた。

「大げさね。たかだか十五分くらいでしょ。ほら、もう来てるわよ」

テーブルの前にブラウスとスカート姿で座っている真里が、いつもはあまり見せない淫靡な笑みで顎をしゃくった。

料亭だというのにテーブルの上には料理どころか飲み物すらない。あるのは一台のノートパソコンだけだ。

「来てるのか。正直、半信半疑だったがな」

ノートパソコンの画面を覗き込むと、そこには別室の様子を隠しカメラで撮影していた映像が映し出されている。

こんなことができるのは、ここの料亭の主《あるじ》が健吾の知り合いというか、変態趣味を共有する仲間だからだ。

「そうね、あの真面目で純な美織がね。よほど康介のことが好きなのかしら」

妻であり、サディストして健吾と同様の嗜虐趣味を持つ真里も、美織が身体を蹂躙されるためにここにやってくるのを疑っていた様子だ。

ただ画面には、テーブルが置かれた料亭の和室の畳に、現役時代と同じユニホーム姿で正座する美織の姿があった。

「ふふ、その旦那は寝取られ性癖を発症してて自分の妻を差し出したというのにな」

弟子の性癖に便乗して、極上の美女を責める好機を得た健吾は、知らず知らずのうちに笑っていた。

鍛え抜かれた身体にねっとりと脂肪が乗った感じのする肉体は、斜め上の角度からの俯瞰映像でもわかるくらいにいやらしい。

「誰もいないのに恥ずかしそうにしているのがまたたまらんな」

妻ではあるが、女をいたぶるのが大好きなパートナーとして感覚が強い真里なので、健吾は欲望を隠さずに口にする。

テーブルの前で半袖、ショートパンツのユニホーム姿の美織は、ソックスを履いていない、白い肌が眩しい両脚をしきりにモジモジとよじらせている。

「あなたがわざわざサイズが小さめのユニホームを用意しろっていうから。それにノーブラにノーパンでしょ、男をほとんど知らないあの子は恥ずかしくてたまらないはずよ」

美織には少し早めにここの料亭にくるように康介を通して連絡していて、用意された衣装のみを身につけて待っているように伝えてあった。

真面目な美織は言われたとおりに、裸の上からかつて自分が実業団チームで身につけていたものとまったく同じユニホームを着たと、真里からメールで報告がきていた。

「ふふ、ここからでも乳首が浮いているのがわかるな。もっと拡大できないのか？」

隠しカメラの画像をアップにできないものか、健吾は妻に聞く。

「無理よ、そこまで大きなカメラじゃないから。どうせいまから近くで撮影するつもりなんでしょう」

少年のように興奮している夫にあきれたように笑った真里は、カバンの中からビデオカメラや三脚を取り出した。

「それもそうだな。康介にも絶対にと頼まれているしな」

変態性癖をこじらせて妻を差し出した康介は、当然ながら美織が乱れる姿を撮影してほしいと言ってきた。

もちろん健吾に異存はない。カメラの前でよがらされ恥じらいにむせび泣くバレー界のヒロインの姿を想像するとゾクゾクしてくる。

「お腹が出ているのが恥ずかしいみたいね。うふふ、でも前を引っ張るともっとおっぱいの形が浮かんじゃうんだけど」

妻の言葉にパソコンの画面を注視すると、美織は丈の短いユニホームからお腹が見えるのが恥ずかしいのか、しきりに裾を引っ張っている。

すると当然ながら生地が伸び、康介がHカップだと言っていた巨乳の形と、乳房のわりには小粒な乳頭部がくっきりと浮かびあがるのだ。

(自分の身体のどの部分が一番男を誘惑するのかもわかっていないんだな。結婚しても純情さは変わらんな)

乳房の形が布越しに浮かぶことよりも、お腹のほうが気になる美織は、すれていないというか、コートの外では中学生のままのような心を持った子だった。

(そんなお前を娘のように思っていたがな。だがせっかくのチャンスだ、最高の淫婦

に仕立てあげるぞ）

あらためて美織が魅力的な牝であると確認し、健吾はサディスティックな欲望を燃えあがらせるのだった。

「でもあなた。絶対に無理強《じ》いはだめよ、わかっているわよね」

この件で康介の思いとその計画を妻に告げた際に、彼女が本気で嫌がることを強制してはならないという警告を受けた。

もしどこかに訴え出られたりしたら、いまのご時世、夫婦揃って道も歩けなくなってしまうからだ。

「わかっているさ。最初は縛って道具責めでイカせるつもりだよ。徐々に美織の本性を暴いて最後は自分から望ませてやるさ、糸吊りをな」

真里は、いきなり肉棒を挿入したり、過激なプレイを強要したりしたら、いくら夫に尽くすために覚悟を決めているといっても気が変わるかもしれないと心配していた。

だがそのあと、だからじっくりと性感を開発して快感漬けにし、自分がマゾで淫乱だと思わせないといけないとアドバイスしてきたのはさすがだが。

「そうねあの長い脚を真一文字になるまで大股開きにして、クリを糸で吊したらすごい光景よね」

サディストの本性を見せつけるように真里の目が異様に輝いている。

確かに画面の中に見える白くムチムチとしている長い脚をおっ広げて啼く美織を想像すると、何度も他の女を同じ目に遭《あ》わせてきた健吾も異様に興奮するのだった。


「またせたな」

料亭の和室にある時計が約束の時間を五分ほど過ぎた頃、ワイシャツにスラックス姿の健吾が現れた。

「お、おはようございます。監督」

もう時間は夜だが、いつもの習慣で何時であっても健吾にはそう挨拶をしてしまう。

ただ自分の身体に密着しているユニホームが恥ずかしく、立ちあがって頭を下げることはできなかった。

「そう固くなるな、美織。なにか飲むか?」

畳の上に持っていたカバンを放ると、健吾は美織のそばに座った。

鎮座している座卓はかなり大きめなのに、距離がやけに近いことが、いつもの雰囲気ではないことを美織に自覚させた。

健吾は選手に思いやりのある監督だったが、ちゃんと距離感は保つ人間だったからだ。

(本気で私のことを……)

いまの状態はテーブルの角を挟んで身を寄せ合っているような感じだ。

美織はもう目の前の男は、厳しくも優しい師匠ではない。そんな思いだった。

「い……いりません……監督、私」

とても酒など呑む気持ちにはなれない。ただ黙って身を任せるのが嫌で、美織は声を振り絞った。

「監督が私のことをそんな目で見ていらっしゃるとは思いませんでした」

大きな二重の瞳に涙を浮かべた美織は、抗議するような視線で元監督を見た。

「ふふ、お前は自覚がないかもしれんが、その身体、男を狂わせるものだぞ」

元弟子の訴えにも淫靡な笑みを浮かべた健吾は、あらためてショートパンツから靴下も履いていない剝き出しの生脚を見つめてきた。

否定する気などさらさらない様子で、無遠慮に視線を這わせてくる。

「テレビの視聴者も観客も、会場のスタッフも、半分くらいはバレーそっちのけでお前の胸や尻を追い回していたんだぞ。気がつかなかったのか?」

「ああ……そんなあ……」

ショートボブの髪を揺らし、美織は天井を仰いだ。

確かに下衆《げす》な男性誌に胸やお尻のアップが掲載されて、いまよりもさらに純真だった若い美織は傷ついたこともある。

そのたびに自分はアスリートなのだと言い聞かせてきた。それを健吾に否定されて涙がこぼれ落ちそうになる。

「つらそうにしているが乳首はもう立っているじゃないか。待ちきれないのか？」

ついに頬を涙が伝った美織の乳房のあたりを見て健吾は揶揄《やゆ》してきた。

サイズは小さいが現役時代と同じデザインのユニホームの胸元には、二つのポッチがはっきりと浮かんでいた。

「いっ、いやっ」

美織は慌ててそこを長い腕で覆うと身体を捻って健吾の目線から逃げた。

コートの外ではあまり気が強いほうではない美織は強く反論をすることができない。

そしてもう嫌だと立ちあがれないのは、夫の夢を叶えるために、覚悟をしてここに来ているという思いがあるからだ。

「その恥ずかしさもそのうち興奮につながるようになる。そろそろ始めるぞ」

美織には理解できない言葉を口にしながら、健吾は畳の上のカバンに手を伸ばし中からなにかを取り出した。

「俺の趣味は康介から聞いているな」

そう言った健吾がテーブルの上に投げたのは、どす黒い色をした縄の束だった。

「ひっ」

それを見て美織はこもった声をあげてあとずさりする。

康介から昨日、健吾にはSM趣味があり、美織を縛ることを望んでいると聞かされていた。

「ああ……いや……」

美織も子供ではないからそういう変態的な行為を楽しむ人々がいることは知ってはいる。

ただそれは知識であって、自分がされるなど考えただけで身体がすくんだ。

「そうか、いやか。まあ、私も無理強いはしない。いやなら帰ってもいいぞ」

そう言って立ちあがった健吾は縄の束を解いていく。

バサバサと音を立ててテーブルに落ちてくるロープがとぐろを巻く姿がまるで蛇のようで、美織はさらに恐ろしさがこみあげてきた。

（ああ……逃げたい……でも……）

自分がここで腰を上げたら、康介の夢は潰《つい》えてしまうだろう。

そもそも自分は屈辱に耐えるつもりで今日ここに来たのではないのか？

「ほ……ほんとうに夫を……康介さんを全日本の監督に推薦していただけると約束してくださいますか？」

腕で乳首の浮かんだ乳房を覆う体勢のまま美織は消え入りそうな声で言った。

恐怖心から健吾のほうを見ることもできないが、やはり夫の望みを叶えてやりたかった。

「ああ、会長の高島さんからもこういうメールが来ている」

縄を解き終えた健吾は自分のスマホの画面を畳に横座りになっている美織の前に出してきた。

『もう次のときの理事長はほとんど君に決まりだろうから、男子と女子の代表監督を誰にするべきか決めておいてくれよ』

次のときとは次回のオリンピックのことだろう。全日本の監督というのはオリンピックが終わってからその次のオリンピックまでの四年間を務めるのが普通だ。

オリンピックは来年に開催されるので、康介がなるとしてもそのあとになる。

「次の監督は俺に一任すると会長は言っている」

理事長の高島も来年のオリンピック終了後に退任すると言っているので、そこからは健吾をトップとする新体制になるのだろう。

もちろん健吾はそれだけの実績や理事としても能力に疑いがないからだ。

「ああ……わかりました……」

監督は理事会での決定となるが、実質は会長に人事権があるといっていい。

康介のことを健吾が推した時点で、彼の夢は叶うのだ。

「これは取引だ。康介を監督にする代わりに俺は監督決定までの間、お前の身体を自由にできる。それを理解したなら腕を後ろで組みなさい」

畳の上にいまにも崩れ落ちそうになっている美織の背後に回った健吾は、縄を手でしごきながら告げた。

そう、美織が屈辱に耐えるのは今夜だけではない。来年のオリンピックが終わるまでの数カ月間、ずっと嬲りものにされるのだ。

(ああ……康介さん……)

さまざまな感情が駆け巡るが、もうあとには引けないと、美織は座り直して、国際試合で何度もスパイクを決めた長い腕を背中に持っていった。

畳の上で正座に折られた真っ白な両脚が、女囚を思わせて哀しみをかき立てた。

「いい覚悟だ」

康介はそういうと、まずはぴっちりと身体にはりついたユニホームの胸元にロープをかけてきた。

「あっ、いやっ」

意外と強い締めつけに美織は思わず声をあげてしまった。

ただ腕は後ろで組んだままなぜか動かせない。もちろん夫のためもあるのだが、美織は複雑な感情の中で少し混乱していた。

「ふふ、よく縄が食い込む、いい身体だ」

二の腕ごと乳房の上下を縛り終え、康介はさらに首や脇にも縄を通して最後に手首を固定していく。

乳首の浮かんだ乳房が縄によって絞り出され、その巨大な姿を見せつけていた。

「さあ、立ちなさい」

「ああ……」

上半身をしっかりと緊縛された美織は、長身の身体をゆっくりと起こして畳の上に立つ。

ショートパンツだけを穿くことを許された白い下半身、現役を引退してねっとりと脂肪が乗った大きなヒップがなんともいやらしい。

「あらためて間近で見ても最高のボディだな。いやらしいぞ、美織」

長い生脚を晒し、身体に密着したユニホームにさらに縄を食い込ませて立つ元女子バレーのヒロインを、健吾は舐め回すように見つめてきた。

「言わないでください……監督にそんな目で見られるのはつらい……」

もちろんだが美織は健吾を男として意識したことは一度もないし、実の父以上に、父親として慕っていたように思う。

そんな彼に自分の肉体を揶揄されるのは、なによりもつらかった。

「いまさらだ。俺は男でお前は女。それをわからせてやる」

そう言った健吾は強引に美織の縄尻を引き寄せて窓際に向かう。

「きゃっ」

後ろ手の身体に強い力を感じて美織は、フラフラとした足取りでされるがままに引き立てられていく。

この部屋は旅館の和室のような構造になっていて、畳敷きの部分と窓の間にちょっとした板の間がある。

畳と板の間の境目には鴨居《かもい》と欄間《らんま》があるのだが、健吾は美織の腕を縛って余ったロープを木彫りの欄間に空いている穴に通して結びつけた。

「さあ、力を抜くんだ」

後ろ手縛りのまま鴨居から吊り下げられたかたちになった美織だが、健吾はさらにロープを取り出し、真っ白な膝に回してきた。

「い、いやっ、あっ、だめ、あああ」

ロープは美織の右膝に何度か巻かれたあと、欄間の穴に通されて引き寄せられる。

健吾の強い力で右膝が吊り上げられ、美織は直立したまま片脚立ちの体勢を強制的にとらされた。

（いやっ、ロープが食い込んでくる）

右膝を天井に向かって突きあげ、左脚のみしか畳についていないので、自然と上半身を吊りあげているロープに体重がかかってしまう。

胸の上下や腕にさらに強く縄が食い込み、息苦しささえ感じていた。

「少々きつそうだが、すぐに音《ね》をあげないのはさすがだな」

健吾が軽く美織の右膝を押すと、吊られた身体がゆっくりと回った。

きつい練習に耐えてきたアスリートである美織は、少々の痛みや苦しさはあまり意識しないようになっている。

それがいまはよくない方向に出ていて、きつめの責めも身体が受け止めてしまう。

（ああ……いや……食い込まないで……）

肋骨に強い圧迫を感じているのに美織は少し奇妙な感覚に陥っていた。

身体にロープが食い込み、強く拘束されているのに、なぜか肌が熱くなるのだ。

（違う……こんなのつらいだけよ……）

苦しみの中で妙な安心感というか、もう健吾に身を任せるしかないという思いに心地よさを感じてしまっている。

なぜそんなふうに思うのか自分自身でも説明がつかず、美織は戸惑うばかりだった。

「いい感じに顔が赤らんできたな。さっきお前も女だと言ったが、これからそれを身体に刻み込んでやるぞ」

不気味な笑顔を見せたあと、健吾はまたバッグからなにかを取り出した。

それは卵形のプラスティックにリモコンがコードでつながったもので、健吾がボタンを押すとモーターの音が響きだした。

「いっ、いやっ、監督やめてください、あっ」

見ただけでわかるくらいに強く振動しているプラスティックの卵を、美織の絞り出された乳房の部分に触れさせてきた。

ユニホームの布越しに乳房を震わされ、美織は全身をよじらせて苦悶した。

「なんだローターは初めてか？　オナニーとかしないのか？」

上下のロープに絞り出され、ユニホームの胸のところにあるスポンサーのロゴも歪んでいる美織の双乳をローターが軽くなぞっていく。

「し、しません、そんなこと……ああっ、やめて」

ローターは下乳や脇のところをなぞったあと、徐々に真ん中に近づいてくる。

その動きに反応し、吊られた生脚を震わせる美織だが、自分で身体を慰めるような行為はしたことがない。

ただ女性でもオナニーをするくらいのことは知っているが、それがこのローターという器具とどうつながるのか意味がわからなかった。

「どこまでも純真なやつだな。これは仕込みがいがある」

健吾は監督時は見せたことがないような淫靡な笑みを浮かべると、ローターを大きく動かし、ユニホームにくっきりと浮かんでいる乳頭部に触れさせてきた。

「あっ、あああっ、いやっ、そこは、ああっ、だめ、あああ」

先端部に震える卵が触れた瞬間、美織は初めて経験する強い痺れに絶叫し、後ろ手に吊られた身体をのけぞらせた。

夫婦の営みの際に康介に乳首を愛撫されて感じることはあるが、それとは比べものにならない刺すような快感が乳房全体を駆け抜けた。

「知らないとか言っていたわりにずいぶんと敏感だな。ほんとうは乳首を開発し尽くされているんじゃないのか、ほれ隠しごとはいかんぞ」

あまりに敏感な反応を見せる若妻に健吾は疑いの眼差しを向けながら、反対側の乳首にローターを移動させた。

「あぁっ、ほんとうです。あああん、こんなことされてません、あああぁ」

吊られた白い右脚を震わせ、責められていないほうの乳房が大きく弾むくらいに美織は全身をくねらせた。

健吾は疑っているようだが、こんな強い刺激は生まれて初めてで、美織はただ戸惑うばかりなのだが、いまの感覚が快感であることは自覚していた。

「ならば、お前はそうとうに素質があるぞ。淫婦の才能がな」

「そんな、ああっ、違います。あああ、あああ」

美織は唯一自由になる頭をなよなよと横に振るが、その間も艶のある声が漏れつづけていた。

「ふふ、今夜それを自覚させてやる。次はここだな」

ローターを美織の乳首にあてたまま、健吾は大きく開かれている美織の股間部分をすっと撫でてきた。

「ひあっ、だめっ、あああっ」

ショートパンツの布越しに男の太い指が秘裂を撫でると、美織は腰をビクッと引き攣らせ、甲高い声をあげた。

それは嫌悪感による反応ではなく、微妙だが甘い快感によるものだった。

（ああ……私……どうして……）

康介にもパンティ越しに触られた経験があるが、こんな艶のある声を漏らしたことはなかった。

夫の夢の叶えるために泣く泣く健吾に身をあずけているはずなのに、どうして女の快感に翻弄されているのか、美織は戸惑うばかりだ。

「下はちゃんと直接責めてやるぞ。おっと、こいつを忘れていたな」

またなにかを取り出そうと畳に置かれたバッグに手を伸ばした健吾が取り出したのは、ビデオカメラと三脚だった。

「いっ、いやっ、撮影なんてやめてください。いやっ」

鈍く光るレンズを見た瞬間、美織はユニホームに乳首を浮かべた巨乳が弾けるくらいに身体をよじらせた。

過去にチームメイトが恋人と水着で撮った写真が流出し、大きな騒ぎになったのも見てきたので、こんな恥ずかしい姿を映像に残されるのは耐えられない。

「私が無理やりにお前を縛っているのではないという証拠の映像を撮るんだ。あとで強制されたとか訴えられたら大変だからな。心配するな。康介の監督就任が決まったら全部返してやる」

三脚にビデオカメラをセットした健吾はレンズをこちらに向けると、カバンからハサミを取り出した。

「あっ、いやっ、監督。なにを、あっ」

縄にくびれた胸のところのユニホームを摘まんだ健吾は、美織が叫ぶのもかまわずに切り刻んでいく。

「ああ……いやあ……ああ……」

Hカップの巨乳の白い肌が露出し、続いて薄桃色をした小粒な乳頭部が姿を見せた。

ついに隠したい部分を晒された美織は、あまりの恥ずかしさに身体をハサミから逃がそうとするが、欄間に吊られたロープがギシギシと虚しい音を立てるだけだ。

「これが美織の乳房か。ふふ、全国の男どもが狙っていただけあって形も見事だな」

「そんな……いやっ」

上下に強く縄が食い込んで絞り出された巨乳が、引き裂かれたユニホームの間からその姿を見せつけている。

重量感のある下乳の部分には強い張りがあり、ピンク色をした乳首はツンと上を向いている。

引退後もそれなりのトレーニングは続けているので、大きさを増しても美しい形は保ったままだ。

「さあ、美織、カメラに向かってこう言うんだ」

身体に密着したユニホームの穴から乳房を晒し、片脚立ちに後ろ手縛りで吊られたボディを隠すことすらできない美織の耳元で健吾が囁いてきた。

「そ、そんな……ああ……」

耳のそばで聞こえてきた言葉のあまりに屈辱的な内容に、美織は小さく首を振った。

「そうか、ならば、縄をすぐにほどいてやろう」

強制はしないと言っていた言葉どおり、健吾は未緒の手首を固定しているロープに手をかけた。

「待ってください……ああ……言いますから」

縄が解かれるのと同時に康介の夢は消えてしまうだろう。なんのために恥ずかしい目に耐え、乳房まで晒しているのか。

もう美織は覚悟を決めるしかなかった。

「私、満島美織は……夫である満島康介を推薦していただく見返りとして、井崎健吾さんに身体を提供することを申し出ました……ああ……」

自ら健吾に取引を持ちかけたようなセリフを口にし、それが映像として残ってしまう。身も凍るような恐怖だが、もうあとには引けない。

ただこの先は淫靡な言葉があり、美織は口ごもってしまう。

「どうした、まだ半分だぞ?」

それを見越したうえなのか、健吾は実に楽しそうに美織を煽ってきた。

「わ……わかってます……ああ……」

女をいたぶることが悦びであるかのような恩師の態度におののきながら、美織は一度、ショートボブの頭を上に向けて悲しげに声を漏らしてから、カメラを見た。

「ですので私の身体をどのように扱っていただいてもかまいません。み、美織の下も脱がせて、たくさんいやらしいことを……ああ……してください」

大きな瞳を涙目にした美織は、最後は少しやけ気味に叫んでいた。

ただ一枚穿いているショートパンツが去れば片脚吊りで股を開いた状態で女のすべてが晒される。それをカメラに向かって自ら望んだのだ。

「よし、望みどおりにしてやるぞ」

自分が無理やり言わせたくせに、あくまでも美織の希望だというていをとりながら、健吾はハサミを腰やお尻にぴったりとはりつくショートパンツに入れてきた。

「ああっ、いやあ、あっ、やっ」

ショートパンツはあっという間に布きれに変わり、畳についた美織の左足の横にはらりと落ちた。

後ろ手縛りで吊られた状態の美織は、晒された股間を隠すどころか脚を閉じることも叶わず、ただ切ない声をあげて身体を震わせるだけだ。

「おお、意外と毛は濃いほうなんだな。だがオマ×コのほうはピンク色だ」

逆に健吾のほうはこれでもかと晒された、夫にしか見せたことがない場所を堂々と覗き込んでいる。

ムチムチとした白い太腿の付け根には、しっかりと太めの黒毛があり、さらに奥にはビラの小さな肉唇が覗いていた。

「ああっ、そんなに近くで見ないで。ああっ、監督、許してください」

もう健吾は膝をついて下から美織の股間を覗き込んでいた。

ショートパンツが消えて剝き出しになった秘裂に健吾の息がかかる気がした。

（ああ……いやあ……）

女の最も恥ずかしい部分を間近で見つめられ、死にたいくらいの気持ちなのに、美織はなぜか背中が震え、全身が熱を帯びてくるのだ。

心は凍りつくような思いなのに、なぜ肉体は逆の反応をしてしまうのか、もうわけがわからず美織は混乱するばかりだ。

「ん？　けっこう濡れているな。縛られて裸にされて興奮しているのか」

戸惑う美織の肉唇を見つめていた健吾が、指をピンクのビラの間に入れてきた。

「な、なにを。あっ、あああ」

初めて女の肉に感じた夫以外の異物。だが美織の口から出たのは、艶のある喘ぎ声だった。

「ずいぶんと熱く蕩けているぞ、美織。お前も楽しんでいるんじゃないか？」

「あっ、違います、ああっ、あああ」

片脚吊りのグラマラスな身体をくねらせ、ユニホームの穴からはみ出したHカップを弾ませて美織は淫らな声をあげつづける。

指はわずかに侵入しているだけなのに、腰のあたりがジーンと痺れて声が抑えきれなかった。

（どうしてこんなに……ああ……）

声を漏らすのは恥ずかしいと思っていても、どうにも抑えきれない。

夫との行為では身体がこんなに自分の意思を裏切った経験はない。まだわずかな刺激を受けているだけなのに。

「あっ、もう許してください、ああっ、音が、いやあっ」

健吾はなぜか指を奥にまで入れようとはせず、入口のあたりで掻き回してくる。するとヌチャヌチャと粘っこい音があがり、美織の心をさらに乱すのだ。

「そろそろ素直になれ、美織。ほんとうは好きなほうなんだろう？」

縄に絞られた巨乳が波打つくらいに悶える元弟子に言いながら、健吾は指を引きあげた。

「ああっ、そんな……違います……」

淫婦のように言われたのが嫌で美織が首を横に振って否定するが、どうにも言葉に勢いがなかった。

どうして夫に愛撫されたときよりも感じてしまうのか。アスリートとして自分の肉体や心をコントロールすることは心がけてきたはずなのに。

「豆のほうからいこうと思っていたが、これだけ濡れていたらこいつのほうがよさそうだな」

健吾はまたカバンに手を突っ込むと黒い物体を取り出した。

「ひっ」

彼の手にあるプラスティックの器具の異様な姿に、美織は拒否の言葉を吐くことすらできなかった。

男根を模したその器具は亀頭部のエラが大きくはみ出し、不気味に黒光りしていた。

「いっ、いやっ、入れないでください、ああっ」

近づいてくるそれが、女の膣を責めるためのバイブだと、いくら色事に疎《うと》い美織でも知っている。

泣きそうな声をあげてユニホームの上衣の上からロープが食い込んだ上体を揺らす美織だが、かえって脂肪が乗った巨尻を揺らして誘惑しているような動きになった。

「ふふ、ヨダレを垂れ流しながらそんなことを言っても説得力がないわ、ほれ」

黒いバイブの根元を持ち、片脚吊りの美織の下半身の前に膝をついた健吾は、愛液にまみれている膣口に押し入れてきた。

「ああっ、怖い。あああっ、だめっ、あああああ」

プラスティックの冷たさに美織は背中を凍らせるが、すぐに強い快感が駆けあがってきて、淫らに喘いでしまった。

指のときはじっくりと馴染ませるように掻き回してきた健吾だったが、バイブは一気に挿入してくる。

「ああっ、あああっ、はあああん」

大きく張り出したカリの部分が膣肉を抉り、美織は唇を割り開いて叫んでしまった。

「いい声だぞ、美織。ほれ、もう奥まで入る」

健吾も珍しく興奮気味に声をうわずらせながら、美織の膣奥に黒いバイブを突き立てた。

それで終わりではない。そのまま上下に激しくピストンをしてきた。

「あっ、ああっ、動かさないでください、ああっ、あああん」

縄にくびれた巨乳を揺らし、美織は淫らな声をあげつづける。

固いバイブのエラが媚肉を擦るたびに、片脚吊りの下半身全部が痺れるような快感が駆け抜け、剝き卵のように艶やかなヒップが震えた。

（いやっ、中がいっぱいになってる……こんなに大きいの……）

夫の肉棒とは触感も温度もなにもかも違うが、バイブのほうがかなり大きい。膣内がこれでもかと押し拡げられているうえに、前後に動いてくるのだからたまらない。

「ああん、いやあっ、あああっ、あああん、あああっ」

後ろ手縛りの長身の身体を揺らし、美織はショートボブの髪を振り乱して喘ぐ。怖いくらいに膣肉が拡張されているというのに、快感しかない自分が恐ろしかった。

「もう切羽詰まった感じだな。もうイキそうなのか？」

バイブの動きを少し緩めて、健吾が下から美織を見あげてきた。

「イ、イクって？　ああ……知りません、そんなの、ああ……」

息も絶えだえの状態の美織はなよなよと首を振って答えた。

女性にも絶頂があることを知識として知ってはいるが、自分が体感した経験は一度もなかった。

「なんだ嫁をイカせてないとは。康介のやつ、なにやってんだ」

「いやっ、康介さんのことを悪く言わないでください。ああっ、あああん」

夫を小馬鹿にされた気がして、美織は精一杯の言葉を振り絞る。ただもう呼吸はずっと苦しく縛られた身体が熱くてたまらなかった。

（ああ……私……イッちゃう……監督の手で……）

美織は女の本能で自分が悦楽の頂点に向かおうとしているのを察していた。

黒い男根の形をした器具を自分の媚肉がさらに貪《むさぼ》ろうと締めあげているのがわかるほど興奮に極みにあった。

「あっ、もう、あああっ、いやっ、あっ、監督、あああっ、私、あっ、もうだめぇ」

欄間から美織の長身の肉体を吊りあげているロープが軋《きし》み、後ろ手の上半身が大きくのけぞって痙攣した。

美織は赤らんだ顔を引き攣らせたまま、唇を半開きにして天を仰いだ。

「初めてのエクスタシーがオモチャとは……お前のファンが見たら泣くぞ」

何度か乳房を揺らして震えたあと、がっくりと頭を落とした美織を健吾があざ笑う。

ただもう美織に反論する気持ちの余裕などない。初めてのエクスタシーに身体の力は抜け、心もまた情けなさでいっぱいなのだ。

（ごめんなさい……康介さん……）

彼も了承のうえで健吾に身を任せているとはいえ、夫婦の営みよりも感じてしまったことが美織にはつらかった。

「よし、もう一度イカせてやる。今度はちゃんとイクと叫びながら達しろ」

もう精も根も尽き果てた感じの美織の膣内にあるバイブを健吾は再び強くピストンさせてきた。

「ああっ、もういやっ、あああっ、きつくて、ああっ、つらいのに、ああっ」

膝を腰よりも高く上げられた右脚を閉じてバイブから逃げようとするが、大きな身体を入れられて止められてしまう。

大きく上下に躍動するバイブが媚肉をこれでもかと拡げていて、美織は強い圧迫感に悶絶した。

「大きい？　こいつは普通サイズだぞ。ほら、大きいというのはこういうのを言うんだ」

健吾はいったんバイブのピストンを止めると、カバンから今度は紫色をした器具を取り出して畳に投げた。

「いっ、いやっ」

膣の中にあるものと同じような形をしているが、太さも長さも比べものにならないほど巨大で、美織はとても見ていられずに顔を伏せた。

「そういえば康介のやつは短小で悩んでいたな。だがバレーをしている男は大きい人間が多いぞ。俺の大学のバレー部にはこのくらいのはゴロゴロしてる」

健吾は空いている手でバイブを拾い直すと、縄に絞り出された美織のＨカップに押しつけてきた。

「いっ、いやああ、やめてください、ああっ」

黒バイブよりも巨大な亀頭が乳房を大きく歪める。こんなものが中に入ってくると考えただけで美織は恐怖に顔が引き攣った。

（こんな大きい人がたくさんって……嘘よね……）

夫、康介の肉棒はいま膣内に黒バイブよりも二回りは小さい。だから紫の巨大バイブが胎内に入るとは思えないし、ましてやそんな肉棒を持つ人間がいるなど信じられなかった。

健吾は現在、協会の理事をする傍ら、自分の母校であるＮ大学の監督をしている。昔は強豪校だったが、いまは二部リーグで部員も少ない部の指導を引き受けているのは、恩返しの意味があるらしい。

「あっ、あああ……お願いですから、ああっ、しまってください、ああ」

見ていられないくらいにおののいているのだが、ただなぜか腰のあたりがジーンと痺れてきて、膣奥の熱さを感じた。

それがなんなのかまったくわからず、美織はただ混乱するだけだった。

「おっ、食い絞めてきたぞ。ほんとうは太いほうがいいんじゃないのか？」

その反応は膣肉の動きにも出ていたようで、健吾は目を輝かせて黒バイブのピストンを再開した。

「違います、あああっ、絶対に入りません。あああっ、欲しがってなんか」

再び、固く張り出したバイブのエラが媚肉を強く抉り、美織は長身の身体をたまらずよじらせる。

ただ先ほどの下半身の熱さが巨根への願望だとしたら。自分の中にそんな欲望が眠っていたというのか。

「いやあ、あああっ、違う。あああん、あああああ」

美織はもう無意識に繰り返しながら、紫のバイブが食い込んだままの乳房が波打つほど縛られた吊されたグラマラスな身体をよじらせていた。

「ふふ、それは追いおいわかる。おい美織、お前はこれからしばらくの間は俺の命令に服従ということでいいんだな」

ぱっくりと開いた膣口に黒バイブを突き立てながら健吾は言った。

「ああっ、はいいい、そうです。ああっ、あああん」

膣奥を突きまくられ悩乱している美織は反射的に答えてしまう。

「よし、お前は来週からN大の臨時コーチに就任だ。いいな？」

素直に返事をした美織に健吾はさらなる要求を突きつけてきた。

美織が逆らわないと確認したうえでの命令だから、きっとただのコーチであるはずはないだろうが、もう快感に頭が痺れていて考える余裕がない。

「素直になっていれば康介の道もひらける」

ニヤリと笑った健吾は黒バイブを美織の膣奥に突き立て動きを止めた。

（そうよ……康介さんを全日本の監督にするため……に耐えているの……）

激しいピストンがおさまり、美織はようやく一息をついた。

まだ頭の芯が痺れているような感覚の中で、美織はすべて康介のためなのだと繰り返した。

「コーチを引き受けてくれた礼代わりに、最後にイッて今日は終わりにしてやる。さあ、いよいよスイッチを入れるぞ」

「えっ？」

大きな瞳を虚ろにして湿った息を吐きつづけていた美織は、わけがわからず、吊られた身体の足元にいる健吾を見た。

「なにをとぼけてるんだ、バイブはモーターで動くものだ、ほれ」

健吾はそう言うと、美織の乳房に突き立てている紫のバイブの根元のボタンを押す。同時に強いモーターの音が和室に響き、巨大なバイブがうねりだした。

「いっ、いやっ、あああっ、やめて、あああっ、こんなの、あああっ」

亀頭部が円を描くように動いて、ユニホームの穴から飛び出した巨乳に食い込んで掻き回してきた。

その異様な感覚に美織は一気に覚醒したかのように声を張りあげる。ただ恐怖の対象は乳房を歪めているバイブではない。

(中のも……こんなに動くの? いやああ)

乳房を歪められるのは異常な感じだが痛みも快感もない。

ただいま膣の中にある黒バイブ。上下に動かされただけでも激しく感じてしまい、ついには女の恥まで晒してしまったそれが、今度は蛇のようにくねって暴れる。

そうなったら自分はどうなってしまうのか。美織はもう予想もつかなかった。

「さあ、いくぞ、美織。大きな声で啼いて、イクときは精いっぱい叫べ」

「待ってください、だめっ、あああっ、ああああっ」

美織は懸命に訴えるが、無情にもバイブの根元にあるボタンが押される。

下半身のほうからモーターの音が聞こえるのと同時に、胎内でバイブが大きくうねりだした。

「ああっ、これだめっ、ああっ、あああん」

片脚吊りの白い身体を大きくのけぞらせて、美織は一気に快感に溺れていく。

バイブの先端が膣奥の敏感な部分にぐりっと食い込むたびに強烈な快感が突き抜けていき、それが断続的に繰り返される。

「だめえ、あああん、もうだめえ、あああ、あああぁ」

筋肉質だった身体にねっとりと脂肪がのった上半身が、ロープを軋ませながら前後に揺れる。

それにつられて巨乳も弾むなかで、美織は大きな快感の波が湧きあがってくるのを感じ取った。

「叫べ、美織。自分を解放するんだ」

こちらも興奮に声をうわずらせながら、健吾はさらに美織の奥に向かって黒バイブを突きあげた。

「あああっ、イク、美織、イキます、あああっ、イクうううううう」

もう快感に喘ぐ自分が恥ずかしいとかいう意識すら持てずに、美織はただエクスタシーの波に呑まれていく。

「あああっ、はあああん、あああっ、あああぁ」

今度はさっきよりも発作が強烈で、吊られた長身の身体の全部がビクビクと痙攣を起こしている。

唇を大きく割り開いた美織は、ビデオカメラがこちらを見つめているのも忘れ、陶酔しきった表情を見せつけていた。

第二章　集団愛撫の覚醒エクスタシー

「ごちそうさま、今日もおいしかったよ、美織」

夕食を食べ終えた康介は、いつものように妻の料理を褒めて微笑んだ。

元監督の健吾によって縛られ吊され、獣のようにのぼりつめた日から、すでに三日が経っている。

「うん、ありがとう、康介さん」

康介はあの日のことをまったく聞いてこず、まるでなにごともなかったかのような日々が、満島家では続いていた。

ただ美織の心の中は穏やかではいられない。まさかそんなことはないと思うが、自分の乱れっぷりを康介に知られたらと思うとたまらなかった。

「そういえば、明日はN大でコーチだろ？　夕飯は別にするか？」

康介は自分の食べたお皿をキッチンに運びながら、思い出したように呟いた。

「う……うん……ちょっと夜は遅くなるかもしれないから」

夫の言葉に美織はドキリと胸が締めつけられた。三日前、縄が解かれたあと、健吾は美織に対し、生徒たちの実力を上げるため身体を張ってもらうぞと言ってきた。

身体を張るの意味がなんであるか、美織にはよくわからないが、男子部員たちの間に入ってバレーをすることではない気がする。

(ああ……これ以上はもう……)

美織は何度も健吾に連絡を入れて無理だと言おうと考えた。だがそのたびに夫の笑顔が浮かんでスマホを手から離してしまうのだ。

(どうして頷《うなず》いてしまったのだろう……)

引き裂かれたユニホームを着たまま畳に呆然とへたり込んでいた美織は、健吾の理不尽ともいえる要求を、とくになにも考えずに受け入れてしまった。

しかも自分の痴態を撮影したビデオを渡してほしいと健吾に伝えるのも忘れていた。

(どうして……私は……あんなに自分を失ったんだろう)

現役時代、コートの外ではおっとりしすぎているとまで言われた美織だが、そこまでぼんやりとしていたわけではない。

流出すればとんでもないことになる動画を取り返すことすら忘れてしまうほど、快感に溺れていたというのか。

「いやっ」

そんなはずはないと、美織は食卓のイスに座ったまま何度も首を横に振った。

「どうした？　虫でも出たか？」

いつの間にかキッチンから戻ってきていた康介が様子がおかしい妻を覗き込んできた。

「だ、大丈夫よ。なんでもない」

慌てて笑顔を作ってごまかした美織だったが、なぜかその瞳は少し妖しげに潤んでいた。

「ずいぶんと派手な乱れ方ね。意外だったわ」

真里がノートパソコンの画面に再生されている美織の絶頂姿を見て淫靡な笑みを浮かべた。

「ああ、思った以上にな」

食卓のテーブルにパソコンを置いて見ている真里から少し離れて、健吾は大きな身体をソファにもたれさせながら答えた。

いまもこうして目を閉じれば、身体と右膝を吊りあげられ、健吾の思うさまに喘ぎ声を搾り取られる美織の白くグラマラスな肉体が蘇《よみがえ》る。

(わかってはいたが、尻も乳房も並外れた迫力だったな)

ユニホームを切り裂かれたうえに縄で絞り出されていびつに歪んだHカップ。下乳に静脈が浮かぶくらいに肌が透き通り、張りの強さも感じさせた。

ヒップのほうはあまりじっくり見る機会がなかったが、ムチムチとしてどっしりとした重量感があった。

(裸に膝サポ、シューズだけでコートに立たせてもおもしろいな)

美織が現役の頃、よく相手のサーブを待って前屈《かが》みになってお尻を突き出している姿を後ろから撮影した写真が雑誌などに載っていた。

それを全裸に近い姿でさせたとき、美織はどんな顔をするのだろうか。恥ずかしさに顔を歪めるのか、それとも露出に快感に目覚めて恍惚となるのか。

想像しただけで健吾はたまらなかった。

(いよいよ明日からコーチか……)

N大にきて男子部員たちの前で美織がどんな指導をするのか、まだ本人にも詳しくは話していない。

きっと今頃はなにをさせられるのか不安に怯えていることだろう。

（ふふ……それともいやらしい期待感に胸を膨らませているのかな）

目の前のテーブルに置かれている水割りのグラスを口に運び、健吾は一人ほくそ笑んだ。

妻の言葉どおり、健吾が考えていた以上に美織の性感はかなりのものだし、心のほうもかなりマゾ性が強いように思えた。

「それにしてもバイブで二回イカせただけってずいぶんと手加減したものね」

もう入浴を終えてパジャマ姿の真里が、ソファの隣に来て空いたグラスに水割りを作ってくれた。

「なんだ。お前が無茶するなって言ったんじゃないか」

「そうだけど、あなたのことだからアナルとオマ×コの同時責めくらいはしてると思ったわ」

ことセックスにおいては夫婦というよりも同じサディストとしてのパートナーという意味合いの強い真里は、健吾の責めがぬるいと感じているようだ。

「まあ、ただ手加減したんじゃないさ。美織自身に快感を望んでいると自覚させることが重要だと思ったんだ」

美織を責めていくなかで、かなりセックスというものの知識や経験もないし、考え方も古風で保守的だと感じた。

だから皮を一枚一枚剝いていくように美織の中に眠る本性を少しずつ暴いていき、彼女に自分がマゾだと自覚させる。

そうなったとき美織はもう止まらなくなる。だから先日は彼女を一晩中責めるようなこともしなかった。

(もともと考え込むタイプだったからな……今頃は縛られてバイブでイッてしまった自分を恥じて悩んでいるだろう……)

いまの美織の心境を想像すると、健吾はムラムラしてくるのだ。

「ふーん、まあ、今回はあなたの指示どおりに私は手助けするつもりだけどね」

「ああ、頼むぞ」

実は真里も美織と同時にN大の臨時コーチに就任することが決まっている。

それは美織にもすでに伝えていて、真里も健吾と同じ趣味を持ってプレイを楽しんでいると言ったらたいそう驚いていた。

「うふふ、でも楽しみだわ。あの大きなおっぱいやお尻を学生たちの前で丸出しにされたら、バレー界のアイドルさんはどんな顔をするのかしら」

いまから美織を嬲るのが楽しみでたまらないといったふうに、真里は歪んだ笑みを見せた。

「縛られてイキまくるあなたはすごく素敵だったわよ」

「や、やめてください……そんな」

N大の体育館の壁際に立つ美織の耳元で、真里が囁いてきた。

健吾に責められる映像を真里は見ている。それを知り美織は顔を真っ赤にしてうつむいた。

今日、臨時コーチとして美織と真里は、N大学男子バレー部の練習に参加している。陽《ひ》も落ちたこの時間、十人のメンバーがコートに入って健吾の指導を受けていた。

(夫婦でいっしょに女性を責めるなんて……)

真里も健吾と同じ趣味を持つ人間だと聞かされたとき、いっしょに縛られた女性を夫婦二人がかりで責めている写真も見せられた。

バーのような場所で、先日の美織と同じように裸で吊された女の股間に、真里は嬉々とした様子でバイブを突き立てていた。

（夫婦二人であんなことするなんて……ああ……信じられない）

美織の考えでは妻や夫が他の異性に触れるだけでも、いい気持ちはしないように思う。だが真里はそれを楽しんでいるのだ。

その抜群の指導力から名コーチとして有名で、美織もわずかだが指導を仰ぎ、尊敬もしていたから、よけいに信じられなかった。

「ふふ、その格好もよく似合ってるわよ。あの子たちもチラチラ見てる」

N大の選手は総勢二十人ほどで、代わるがわるコートに入っていまはレシーブからアタックの流れで練習をしている。

コートで構えている者もコート脇に立って休憩をしている者も、みんな、視線はバレー界のアイドルと言われた美織のほうをチラチラと見ている。

「あ……いや……」

その視線を意識した美織は激しい羞恥に身を焦がし、長身の身体を丸めようとした。

若い彼らが気になるのも仕方がない、いま美織は高校時代に着ていたユニホームを実家にまで取りにいかされ、それを着用しているのだ。

（見ないで……）

高校生の頃と比べて身長はさほど変わらないが、筋肉の量は比べものにならず、さらには引退してから脂肪もついているので、学校名が入った上衣などはち切れそうなくらいにパンパンだった。

下のショートパンツもヒップにはりつき太腿には食い込んでいて、後ろから見たら下着のラインがくっきりと浮かんでいた。

「ほら、ちゃんと立ってないとだめでしょ。コーチなんだから、きりっとしないと」

真里は恥ずかしさにいまにもしゃがみそうになっている美織の肩を押して背筋を伸ばすように指示してきた。

「ああ……」

健吾から、自分と同じだと思って真里の指示にも従えと言われている美織は、されるがままに胸を張る。

するとこちらも布が破れそうなバストがブルンと弾んでその勇姿を選手たちに見せつけるのだ。

「こらっ、どこを見ている。集中せんか」

健吾の檄が飛んで、口をぽかんと開いていた選手たちも慌てて前を向いた。

ただ選手たちがボールから目を離してしまう原因を健吾もわかりきっていて、その顔はどこかにやついていた。

「ほんと集中力がないわよね。みんないい物を持ってるのに」

再びコートの中で動きだした選手たちを見て、真里がぼそりと呟いた。

これはおふざけで言ったセリフではないと美織にもわかる。彼らはみんな、体格も恵まれ元選手の美織の目から見ても、センスを感じさせる。

ただいかんせん、やる気がないというか、なにがなんでもというガッツのようなものがまったく見えてこない。

「そういう選手の集まりだって言ってたけどねえあの人も。まあ、いまのN大じゃこのくらいが限界か……」

これは康介経由で聞いたのだが、健吾が恩返しのためにとN大の監督を引き受けたのが三年前、かつての名門も三部リーグに落ちぶれた状態だった。

それを少数精鋭にして入部者を絞り、健吾自身がスカウトをして選手を集めて二部リーグまで復帰させた。

ただ高校バレーの全国大会で活躍するような選手はみんな、一部リーグの強豪校や実業団チームに取られてしまう。

いまN大にいる選手たちはいわば高校時代に自分の殻を破れなかった者たちなのだ。

「確かにもう少しやる気を出せばいいと私も思います」

バレーの話になると、美織はつい自分が恥ずかしい姿でいることも忘れてしまう。

才能を持ちながらもくすぶっている様子の選手たちを開花させ、もっと上にいく姿を見たみたいと、真剣にそう思った。

(だからって……)

実は体育館に入る前、美織は健吾と真里とミーティングをした。

そこで健吾は選手たちについて、いま美織たちが感じていることと同じような感想を口にしていた。

そして健吾は選手たちのやる気を掻き立てるため、美織に協力してほしいと言ってきた。

『単刀直入に言おう。お前のその身体をご褒美にして選手たちの集中力を上げるんだ』

それは彼らがバレーでなにかの成果を出すたびに美織の肉体を提供し、もっと上を目指させるという作戦だ。

二十歳前後の若い世代、なにより女にもてたい、やりたいというのが男たちの本音であり、バレー界屈指の美人選手だった美織が淫らな奉仕をしてくれるとなれば、やる気にならないはずかないと健吾は言った。

（ああ……バレーを汚すような行為を私は……）

中学の頃からバレーの名門校に入学し、練習漬けの日々を過ごして日本代表になった美織にとってバレーはすべてだ。

その大好きな競技を自ら貶《おとし》めるようなことをするのだと思うと、いまにも泣きそうだった。

「そんな緊張しなくていいわよ。あんたとセックスするためにはかなりのハードルを越えなきゃならないんだから」

露骨な言葉をかけながら真里が後ろに手を回して、ショートパンツがはち切れそうな美織の桃尻を強く揉んできた。

「あうっ、やっ、やめてください」

真里と美織は壁を背にして横並びに立っているので、コートの中の選手たちからは摑んでいるところは見えていないが、表情を歪めた新コーチの顔をいぶかしげに見ている選手もいる。

つい顔に出てしまうくらい真里の摑んだ力が強く、彼女がサディストだというのはほんとうだと実感させた。

「よし。全員、一度コートの中に集まれ、いまから大事な話がある」

美織が怯えた目で真里を見たとき、コートのほうで健吾の声がして練習が止まった。

「さあ、始まるわよ」

ムチムチの美織の尻肉を強く握ったまま、真里は前に押し出そうとしてくる。

「ああ……はい……」

これから起こることへの恐怖に身体を震わせながら、美織はピチピチのユニホームに包まれた肉体を前に出すのだった。


「いまからここで起こることは絶対に口外無用だ。もしどこかでしゃべったりネットに書き込んだりしたら、どんな手を使ってでもお前たちを退学にする」

三列に並んでコートの床に座った選手たちの前で仁王立ちの健吾が大声をあげた。

なにが起こるのかとユニホーム姿の男子たちに緊張が走る。いまどきはよほどの厳しい強豪校の出身でもない限り、選手たちは怒鳴られることにすら慣れていないのだ。

「返事はどうしたっ」

「は、はいっ」

さらに続いた大声に全員がすぐに切れのある声をあげる。練習もそのくらいの表情でと思うくらい、二十数人すべてが真剣な顔になっていた。

「ちょっといきなりそんなに怒鳴ったら生徒たちもびっくりするでしょ。心配しないで、口外してはいけない以外はあなたたちにとって悪い話じゃないから」

横から真里が出てきて夫をたしなめ、少し場の空気が緩くなった。

夫が厳しいことを言って妻がフォローする。絶妙のコンビだ。

「なにが言いたいかと言うと、監督からも何度も言われてるだろうけど、いろんなチームを見てきた私の目から見てもあなたたちは身体もセンスもあるのに、気持ちがついていってない。もったいないわね」

真里が言うと選手たちはまたその話かといった感じでうんざりした顔を見せる。

もともとそういう子たちを集めているのだから仕方がないのかもしれない。

「私たちはこのチームに強くなって一部に上がってほしいけど。でも体罰やしごきなんてもう流行らないわよね、ふふ」

みんな気怠《けだる》そうな顔を見せながらもちゃんと真里の話は聞いている。

このあたりの人の目を向けさせる能力はさすが名コーチと呼ばれた人だ。

「だからね、罰じゃなくてご褒美で張りきってもらおうと思ったの。そのために彼女に来ていただきました。満島美織コーチ、もちろんみんな知っているわよね」

まるで子供番組のお姉さんのような話し方で語りながら、真里は美織の手を引いて、座った選手たちのすぐ前に連れてきた。

「満島美織です……」

体育座りの長身の男子たちは真里の言葉に頷いたあと、至近距離にやってきた、高校名が入ったユニホームを着たグラマラス美女を食い入るように見上げてきた。

(ああ……いや……)

ブラジャーのレースが浮かんでしまうくらいにユニホームの布が密着した胸元。たっぷりと肉が乗り、太腿をきつくショートパンツが締めあげる下半身。

そこに一気に野生を剝き出しにした感じのする十五人の目が集中した。

(見ないで……)

あまりの羞恥に美織は身体を固くするが、同時になぜか身体全体がほんのりと熱くなってくる気がする。

康介のものだけであるはずの自分が、きわどい格好を晒しながらどうして肌をピンクに染めているのか、美織は戸惑うばかりだ。

「バレー界随一のアイドルと言われた満島コーチ、いいえ、美織お姉さんがあなたたちのために一肌脱いでくださるそうよ。どういう内容かしら楽しみよね」

真里が煽りを入れると、選手たちは無言のまま何度も頷いた。

自分たちがテレビで見てきた美女選手がどんなご褒美をくれるというのか、もう期待感に目を血走らせている。

肉体を強調するようなユニホームを清純で有名だった美織が身につけていることで、ご褒美の内容を察している者もいるのかもしれない。

「み、満島です。今日からここでコーチをすることになりました……よろしくお願いします」

明るい真里に対し、美織はボソボソとした小声で選手たちから視線を逸らしたまま挨拶をした。

恥ずかしいユニホーム姿の身体を見つめる視線を少しでも感じたくなかった。

「私から見てもあなたたちの問題点はメンタルだと思います。今日の練習を見てそれを確信しました。私はコーチとしてチームを奮起させるため、どんなことでもすると監督に申し出たのです」

ここでようやく美織は前を向いて選手たちに顔を向けた。

この口上《こうじょう》はもちろん健吾と真里に仕込まれたものだ。ただ選手たちはそんなことは知らないので、これからどうなるのか刮目《かつもく》して見つめている。

（ああ……逃げたい……）

ここから先の内容を口にしたら、もう美織はあと戻りができなくなる。

だが逃げてしまったらすべてが終わる。それではなんのために身体を縛られてまで耐えてきたのかわからなくなってしまう。

「あ、あなたたちがいやでなければ……その……」

禁断の言葉を言おうとするが、美織は口ごもってしまう。

そのとき、隣に立つ真里がまた、見えないようにヒップを摑んできた。

「あっ、くっ、わ、私は身体を使ってあなたたちにがんばったご褒美をあげようと思います。もちろんみんなが嫌じゃなければですが」

どうしてかはわからないが美織は尻肉の傷みに押されるように、自分の身体を提供すると口にしてしまった。

心臓が早鐘を打ち、顔が経験がないくらいに熱くなる。

選手たちは憧れの美女選手のとんでもない言葉に、目を丸くしてざわつきはじめた。

「コーチはお前たちがいやじゃなかったらと聞いている。どうなんだ?」

お互いに顔を見合わせる男子たちに健吾がきつめに言う。

そんな健吾は事前に、そのいやらしい身体を前にして断る男などいるはずがない、賭けてもいい、もしいたらコーチの件も全部中止にしてやると、うそぶいていた。

（ああ……一人ぐらいは……）

そのときは条件なしで康介を全日本の監督に推薦してやるとまで言われ、美織はせめて一人だけでも無茶苦茶な話だと反論してくれと願った。

「キャプテン、お前はどうなんだ」

生徒たちの誰も口を開かないので健吾が一番前の列の真ん中にいる選手を指名した。

「いまでもちゃんとやってるつもりですが……そんなご褒美をもらえるなら確実にプラスアルファはあるかと」

まだ半信半疑なのだろう遠慮がちにキャプテンは言って、周りにいる者を見回す。

「身体を張るという意味がエッチなことをしてくれるというのなら、俺は脚や腕が折れてもがんばります。ずっと美織さんのファンだったんで」

さらにキャプテンの隣にいる髪を少し茶色くしたチャラい感じの選手が笑顔で言った。

真面目そうなキャプテンに対し、こちらははっきりと淫靡な目を美織の胸元に向けてきた。

「お、俺だってファンだったぞ。どんなご褒美があるんですか？」

彼の言葉をきっかけに選手たちは我も我もと声をあげる。その中に異を唱《とな》える者は一人もいなかった。

（ああ……）

一人でも反対者がいれば救われたはずの美織は、悲しげに体育館の天井を仰いだ。全員がやると言った場合の言葉もうあらかじめ仕込まれている。それを促《うなが》すように真里がまた美織の尻肉を摑んできた。

「あっ、わかったわ。みんながんばるのなら、私もそれなりのことはします」

ヒップの痛みに背中を押されるように美織は命令されていた言葉を口にする。

これ以上進んだらあと戻りはできなくなる。それがわかっているので手が震えている。

だがなぜか頭が熱くぼんやりとしていて、なにかを考えているのがつらかった。

「まずはいまからチームに分かれて紅白戦をやってもらうわ。勝ったほうのチームには、一時間の間、私のむ……胸を好きにさせてあげるわ」

朦朧とした状態でユニホームの上衣の裾を摑んだ美織は、一気に捲りあげた。

「ええっ」

現れた透き通るような美しい肌の引き締まった腹部。続いて純白のレースがあしらわれたブラジャーが姿を見せる。

きつかったユニホームを頭から抜き取ると、カップに包まれたHカップのバストが開放を喜ぶように大きくバウンドした。

「ま、マジかよ。おおっ、満島美織のおっぱいだ」

大きめのカップのブラでも覆いきれず、柔らかそうな肉が大きくはみ出して谷間を作る胸元に選手たちが一気に色めきたった。

(いや……すごい顔に……)

最初は元全日本のエースだった美織に気を遣っている感じだった選手たちが、一気に男の、もっと言えば牡の顔になった。

その野卑な視線を下着だけの上半身に受けながら、美織は羞恥に身を焦がすのだ。

「はしゃぐな。中身を見られるのは勝ったほうだけだぞ。それにお前たちを強くするために恥ずかしいのを我慢してくれるコーチに礼を言わないか」

もうにやけ顔を隠す気もないのか、健吾が顔を緩めて選手たちに言った。

「ありがとうございます。がんばります」

選手たちはいっせいに立ちあがると、今日一番の大声で美織に頭を下げた。

「ああ……」

逃げたりしたらどこまでも追いかけてきそうなテンションの選手たちと対峙しなが

ら、美織は自分が泥沼にはまっていくような、そんな気がした。

「Aチーム、マッチポイント」

選手たちはさっきまでの練習態度とはうって変わり、まさに全身を使ってコートで躍動している。

AとBにくじ引きで組み分けされたチーム同士、白熱の展開となったが、キャプテンと茶髪のチャラ男が入ったAチームが先に王手をかけた。

「くそっ」

ダイブしてギリギリボールに手が届かなかったBチームの選手が床を叩いて悔しがっている。

健吾の思惑どおりというか、メンタル面を心配する必要などないと思えるくらいに気合いが入っている。

「ま、まだそれほどの点差じゃないわ。がんばって」

そんな選手たちを上半身はブラジャー、下は腰に食い込んだピチピチのショートパンツ姿で美織は鼓舞している。

もちろんだがこれも命令のうちで、大声など出している心境ではない。

（ああ……すごく見てる……）

プレーが止まるたびにA、Bに関係なく選手たちは、純白のカップに覆われた巨乳に目を向けてくる。

上から白い肉がはみ出し、少し動いただけでブルブルと弾むHカップのバストを、かぶりつきそうな目で見つめてくるのだ。

「は、はい、コーチ」

弾む柔乳に鼓舞されるかのように倒れていた選手が勢いよく立ちあがった。

彼の血走った瞳がブラジャーの布を射貫いて、乳首まで見つめている気がした。

（このあと……見られるどころじゃすまない目に……）

乳房を自由にさせるという宣言をしてしまった以上、やっぱりなしなど言えるはずがない。

そんなことを口にしたら最後、彼らは本物の野獣となって美織に襲いかかってくるだろうし、なによりそこで夫の夢も潰《つい》えてしまうのだ。

（ああ……いや……おっぱいが……）

その恐怖と同時に美織は乳房をギュッと締めあげられるような感覚を覚える。

それはこのあと体育館の端にある用具室で、若い男の手で乳房を嬲られることへの恐怖なのか、それとも期待なのか美織はわからず、ただ戸惑うだけだった。

「勝者はAチームだ」

頭までぼんやりしてきて、少し虚ろな状態になっていた美織は、体育館の床を叩いたボールの音で我に返った。

ネットを挟み、飛び跳ねるAチームと床に座り込むBチーム。対照的な選手たちは、まるで全国大会の決勝戦を終えた者たちのように見えた。


「ああ……」

体育館の用具室。美織は壁を背にして切ない声を漏らしていた。

バレー部専用の体育館なのでボールの入ったカゴと、それ以外はトレーニング器具のみが置かれた十畳ほどのスペースに、まだブラジャーを着けた美織と、十人近い大学男子たちが向かい合っていた。

「さあ、美織。いつまでも待たしちゃ可哀想よ」

女性はショートパンツに純白のブラの美織ともう一人、臨時コーチでもある真里がいる。

監督の健吾は自分には権利がないからと言って入ってはこなかった。

「あとは真里の指示に従え、いいな」

選手たちの手前、遠慮することにしたのか、身を引いた健吾だが、直前に美織の耳元で耳打ちをしてきた。

同時に、真里も次期監督を決める権利を持つ一人だというのを忘れるなとも言われた。

（ああ……耐えなければ……）

試合中にも野卑な視線を向けられつづけてきた美織は、見られるのには慣れている。

だがこんなにも大勢の男に、たとえ乳房だけでも委《ゆだ》ねるのはつらくてたまらない。

「美織コーチ、まさかブラジャーの上からなんて言いませんよね」

一人だけ髪が茶色い選手が先ほどと同じように、少し舐めた感じで下の名前で呼んできた。

真里はあえて注意しないから、ここではそれもありだと認めているだろう。

「わかっているわ……」

真里が終わりだと言うまで、バストは彼らのオモチャなのだ。

自分にそう言い聞かせた美織はゆっくりとブラジャーのホックを外した。

「おおっ」

肩紐をずらすとブラジャーは美織の剝き出しの白い脚の下に落ちた。

同時に選手たちは息を呑み、目を大きく見開いて身を乗り出した。

「腕で隠すのは反則よ。胸を張って」

その焼けつくような視線に腕で乳房を守ろうとする美織に、真里の容赦ない命令が飛んだ。

「ああ……はい……」

指導を受けたときも感じていたが、真里の声はよく通り、頭の中に響くような感じがする。

美織はその声に押されるように胸を張り、Hカップの巨乳を突き出した。

「す、すげえ、マンガみたいなおっぱいだ」

選手たちの一人がそう口にしてしまうほど、美織の双乳は巨大でそして美しかった。

重量感のある下乳は見事な丸みを保ち、乳房全体の位置も鎖骨に近くて、パンと膨らんだ風船を思わせる張りがある。

「乳首もピンクだ」

豊満に盛りあがる乳房の頂上には、斜め上に向けられた薄桃色の乳頭がある。

色素がとにかく薄くて、透き通る肌の乳房とバランスが取れていた。

「あなたたち。見ているだけでいいのかしら」

迫力と美しさを兼ね備えた見事な巨乳に見惚れている選手たちの後ろから、真里の声が聞こえた。

「へへ、確かに」

牡となった選手たちは、ゆっくりと前進を始めてショートパンツとシューズ以外は、すべてその白肌を晒している美織に群がってきた。

「あっ、だめっ、やっ」

ギラギラと異様に目を光らせながら、選手たちは壁際にまで後ずさりした美織の腕や脚を摑んできた。

抵抗を許されない美織は、されるがままに鍛えられた男の強い力で、足首や手首を壁に押しつけられた。

「へへ、まずは俺から」

一番度胸が据わっている感じのする茶髪の選手が、美織の正面に立って、息をするだけでフルフルと揺れている張りの強い巨乳に手のひらを這わせてきた。

「おおっ、柔らけえ」

百八十五センチはあろうかと思う長身の男の、大きな手が美織の美しく巨大なバストを歪めていく。

太い指が白い肌に食い込み、乳首ごと柔肉が絞り出された。

「あっ、そんなふうに、やっ、あああ……」

壁に両手脚を押しつけられ、磔《はりつけ》同様の状態の美織はすべてを受け入れるしかない。

夫以外に身体を弄《もてあそ》ばれるのはほんとうにつらい。だが茶髪の手の動きはやけにソフトで痛みなどまるでない。

「丁寧に揉んであげるよ、美織コーチ。これでもヤッた女は十人超えてるからな。おっぱいを乱暴にしたら痛いくらいは知ってるぜ」

不気味に微笑んだ茶髪はマッサージしてほぐすような動きで巨乳を揉んでいる。

彼らはもう大学生なのだから複数の女性と経験があっても不思議ではないが、それにしてもこの茶髪の選手は女の身体の扱いに慣れている気がした。

「あっ、だめっ、やっ、はあああん」

茶髪は乳房を優しく揉みながら、ときどき、指先で乳首を弾いてきた。

それはいつも突然で、乳頭から走る電気のような快感に美織は二十八歳の身体をのけぞらせてしまう。

(ああ……康介さんよりも……何倍もいやらしい)

夫よりも茶髪の手はねっとりと乳房に吸いつくようで、それだけで甘い熱さが胸を包み込んでいく。

「あっ、はうっ、いやっ、あっ、あああ」

そこにときおり、乳首からの強い快感が加わり、美織は見事に反応して、ショートパンツだけの下半身をくねらせるのだ。

「けっこう好きなほうなんですね。エッチな顔になってますよ」

美織の左腕を押さえているキャプテンが覗き込んできて言った。

「そんな、ああっ、違う、ああっ」

恥ずかしさと屈辱感に美織はショートボブの髪を振り乱して首を振るが、半開きになった唇の間からは甘い息が漏れっぱなしだ。

「清純派だっと思っていたのに、淫乱だったんだ」

今度は美織の右腕を引き延ばして壁に押しつけている選手が声を発したかと思うと、茶髪の手によって絞り出された乳首を強く摘まんできた。

「あっ、だめっ、捻っちゃ、ああっ、あああ」

その指は乳頭部を強く捻り、刺すような快感に美織はのけぞった。

夫との行為では感じたことがないくらいに、乳房も乳首も熱く敏感に昂っていた。

「乱暴だぞ、もう少し優しくしてやれよ」

両乳房を揉みながら、茶髪が言うと乳首を挟んでいる指の締めつけが緩くなる。

さらにはそこにキャプテンも美織のもう一つの突起に手を伸ばしてきて、ゆっくりとこね回しはじめた。

「あっ、あああっ、両方なんて、だめっ、ああっ、あああん」

ほどよい力強さの愛撫が両乳首になり、美織もうなすべもなく喘ぐばかりになる。

乳首の敏感さもいままでに感じたことがないほどで、もう混乱するばかりだ。

「真里コーチ、服の上からだったら下も責めていいですよね」

乳房の愛撫は二人に任せたとばかりに手を離した茶髪が、後ろにいる真里のほうを振り返った。

「おいっ、下の名前で呼ぶな。いくらなんでも失礼だぞ」

自分の親くらいの年齢の真里を馴れ馴れしく呼んだ茶髪を、さすがにキャプテンが注意した。

「いいわよ、真里コーチで。そうね、でも最後の一枚は脱がさないこと、それが条件」

下の名前で呼ばれるのが少し嬉しいのか、真里は笑顔で茶髪の提案を受け入れた。

「やったあ。じゃあ、パンティだけ残せばいいってことですね」

美織の意見など聞くこともなく、茶髪は美織の足元の膝をついて、ショートパンツのボタンに手をかけた。

「あっ、だめっ、脱がしたら、やっ、ああっ、ああ」

太腿に降りていこうとするショートパンツに、美織は小さな悲鳴をあげて抵抗しようとする。

だがそのとき、示し合わせたように両側から乳首を強く摘まれ、強烈な快感にのけぞってしまった。

「なんかすごいエッチな匂いがするな。布がしっとりしてる」

白のパンティだけになった美織の股間に鼻を近づけて、茶髪は楽しそうに笑いだす。

確かにそう言われても仕方がないくらいに、美織のパンティは湿り気を帯びているというか、うっすらと濡れている感じがした。

「あっ、汗よ、汗をかいているだけ」

美織はそう必死で弁明するが、パンティの腰の部分よりも股間のほうがさらに湿っている気がする。

ただなぜそうなっているのかは自分でもよくわからない。戸惑う美織に向けて茶髪は、そうすっか、と軽く言うと指で股布をなぞってきた。

「きゃっ、いやっ、あっ、あああん」

布越しに彼の指を感じた瞬間、甘くむず痒い痺れが突き抜けていき、美織はパンティのはりついたヒップを大きく揺らして身悶えた。

「ふふ、ずいぶんと反応がいいじゃないですか。ほんとはずっとここも触ってほしかったんでしょ」

茶髪は指で円を描くようにして美織の秘裂の上をなぞったあと、布越しにクリトリスをまさぐりだした。

「違う、あっ、あああっ、そこだめっ、あああっ、あああん」

まるで自分の身体が刺激を待ち望んでいたようなことを言われ、美織は懸命に否定しようとするが、女の最も敏感な場所である肉芽を刺激されると、もう言葉など発せられない。

「だめっ、お願い。ああっ、あああん」

女慣れしていると自ら宣言するだけあり、茶髪は美織のクリトリスを巧みにこね回すように刺激してきた。

苦痛などまったくなく、あるのはただ強烈な快感だけで、美織は長身の身体をのけぞらせながら、桃尻を揺らして喘ぐばかりになった。

（この子……指……どうしてこんなに感じるの……）

夫婦の営みの中で康介の手でクリトリスを責められたことはもちろんあった。

ただここまで取り乱した記憶がないうえに、いまはパンティ越しなのだ。

「お願い、あああっ、そんなふうにしないで、あああん、ああ」

磔にされた状態の美織の股間の前で笑う茶髪の青年は、歳は遥かに下でも康介より女を悦ばせるテクニックに長《た》けているのだ。

もう美織はそう認めざるをえず、これからさらに自分の知らない快感を教え込まれる恐怖に怯えるのだった。

「しないでって、ずっとエロい顔してるじゃないですか。もう俺らギンギンですよ」

大きな瞳を虚ろにして、茶髪の指技に喘ぎ声を搾り取られるバレー界のヒロインに、様子を見ていた他の選手たちもいっせいに手を伸ばしてきた。

「あぁっ、だめっ、あああっ、はあああん、あああ」

十人以上もの男の手が美織の乳房と言わず、肩やウエスト、ムチムチとした太腿、そして壁との間に忍び込んで桃尻を揉んでくる。

全身に蛇が絡みついているかのような異様な感覚の中で、美織はただひたすらによがり泣く。

「ああっ……いやっ、あああん、はあああん、はああっ」

クリトリスを擦られ、乳房を揉まれたまま乳首もずっと捻られている。

上半身も下半身も快感に痺れきり、美織は壁に磔にされた長身の身体を真っ赤に染めて喘ぎつづけるのだ。

「あっ、ああっ、はあああん、ああっ、私、あああん、ああっ」

もう口はずっと半開きのままで湿った吐息が漏れつづけ、現役のときは凛々《りり》しかった瞳も妖しく潤んだまま、どこを見ているのかわからない。

意識のほうももう虚ろで、身体にまとわりつく手を嫌悪する感情さえもうない。

「たまんねえ、あの加藤《かとう》美織がこんなにエロい女だったなんて」

加藤は美織の旧姓だ。現役時代はずっとその名前だったから選手たちも馴染みがあるのだろう。

久しぶりに聞くその名に反応して美織はぼんやりとその選手のほうを見た。

「きゃあっ」

壁と美織の尻の間に無理やり手を入れている選手で、彼の身体は美織のすぐそばにある。

もう一本の手でその選手は自分の股間を触っていて、勃起した肉棒の形がユニホームの股間にはっきりと浮かんでいた。

（な、なにこれ……こんなに大きいの……）

ショートパンツの男子用ユニホームに、男の逸物の形が浮かんでいるのだが、美織がぼんやりとしていた意識が覚醒するくらいに驚いた理由はその大きさだ。

夫の康介と身長は同じくらいなのに、肉棒は長さも太さも遥かに巨大だった。

（う、嘘……他の子たちも……）

よく見たらユニホームの股間を膨らませている選手は何人もいる。

そのすべてが巨大で夫のモノがまるで子供のように思えた。

（あんなのが……中に入るの？　嘘でしょ……）

別に犯されるわけでもないのに、美織はつい太く長い肉棒が自分の膣口を引き裂き、奥へ奥へと侵入してくることを想像してしまう。

すると先日、初めてバイブで抉られた膣奥がズキズキと疼きだし、美織はパンティだけの身体をくねらせてしまうのだ。

（だ、だめっ、変なこと考えちゃ……）

あの紫のバイブも夫の肉棒よりも遥かに太く逞しかった。

それでよがらされた美織の二十八歳の身体は急激に目覚めているのか、熱い昂《たかぶ》りが止まらない。

そんな自分の危うさに美織は心底狼狽するのだ。

「おっ、パンティ越しでもわかるくらいオマ×コがヒクヒクしてますよ。もうイクのかな、美織コーチ」

ずっと床にしゃがんだまま、白い布越しにクリトリスを責めている茶髪の声が聞こえてきた。

もう媚肉が自分でもわかるくらいに溶け落ちている。

（このままじゃ、私、この子たちの前で恥を晒しちゃう……）

ついこの間知ったばかりの女の快感の極みに自分が向かおうとしているのを美織は自覚する。

「湿り気もどんどん強くなってきてる。中はドロドロかな。確認できないのが残念ですよ」

パンティだけは脱がさない約束なので、媚肉の中まで彼らが見ることはない。

少し悔しそうにしながら、茶髪は指の動きのスピードを上げた。

「ひあっ、ああっ、激しくしないで、あああん、ああっ、もうだめっ」

躊躇《ためら》いの心を持てたのは一瞬だった。クリトリスから湧きあがるあまりに激しい痺れに、美織は両手脚を大きく開いたグラマラスな身体をのけぞらせた。

「イッ、イクうううう」

現役のときは凛々しく結ばれていた唇もこれでもかと割り開かれ、瞳は天井を向いて虚ろにさまよう。

もう汗にパンティが透けている腰を前後にガクガクと震わせながら、美織はエクスタシーを極めた。

「加藤美織も普通の女みたいにイクんだな」

痺れきった頭に、旧姓で呼んだキャプテンの声が聞こえてきた。

コートの中のヒロインが淫らな牝に変わった瞬間に、十数人の選手たちは息を呑んで目を見開いていた。

「あっ、ああぁっ、はああん、まだ、ああっ、あああ」

とうの美織はもう恥ずかしいとか考える余裕もなく、磔状態の長身の身体を何度も痙攣させ、絶頂を極めつづけた。

「あっ、あ……ああ……」

そして手脚の力を失った美織は、へなへなとその場に崩れ落ちた。

半分意識が飛んだ状態で巨乳を揺らす美織が床にお尻をつき、選手たちに取り囲まれた状態になった。

すると美織の目の高さに、ちょうど彼らのユニホームの股間があった。

（ああ……まだ……あんなに……）

十数本の逸物はいまだに勃起したままで、中には布越しに亀頭から張り出した傘まで浮かべているモノもあった。

夫のとは比べるべくもない大きさと逞しさに、美織はまた頭が痺れるような感覚に陥り、エクスタシーの余韻に浸ったまま虚ろに見つめつづけるのだ。

「おーい、そろそろ終わりの時間だぞ、開けるぞ」

浮きあがる肉棒に魅入られたままの美織の正面にある引き戸がいきなり開いた。

「おおおおお」

歓声をあげたのは敗北したBチームの選手たちだ、どうやら戸に耳を押しつけて中の様子を聞いていたようで、引き戸の支えを失い倒れ込んできた。

「すげえ、おっぱい」

ちょうど美織は身体を戸のほうに向けて座り込んでいたので、二つの張りが強いHカップがBチームの前の剝き出しになった。

「ああ……いや……見ないで……」

硬く勃起しきったピンクの乳首まで、新たな男たちに晒し、美織は腕で汗に濡れ光る乳房を覆い隠した。

だがまだ快感の余韻は続いていて、その腕の動きも緩慢なままだった。

「へへ、でかいだけじゃなくて柔らかかったぜ。パンティの上からクリちゃん擦ってイキ顔も見ちゃったし」

「くっ、くそう、いい思いしやがって」

茶髪の言葉に、折り重なって床に倒れ込んだBチームの選手たちが悔しがる。

その目はずっと美織の腕の上から下からはみ出した巨乳を見つめている。さらに周りはAチーム選手の怒張に囲まれ、二十八歳の身体はまた熱くなった。

（ああ……奥がすごく疼く……ああ……）

健吾にバイブで突かれて目覚めさせられた膣の奥がやけにズキズキする。

夫以外の肉棒に囲まれて欲情するような淫婦になってしまったのか。だが、いまの肉体の昂りと頭の痺れが妙に心地よく、美織はぼんやりとしたままだ。

「勝者と敗者の差、これがスポーツ界だ。大丈夫、今日負けたほうのチームにも……いや、勝ったほうも含めて全員にコーチはチャンスをくれるさ」

少々間抜けな姿を晒しているBチームの後ろで、健吾が豪快に笑いながら言った。

「そうね。今度の三校対抗戦で勝ち抜けたら、今度はパンティも脱いで身体のどこでも触らせてあげるっていうのはどうかしら」

サディストの夫婦にはあうんの呼吸でもあるのか、真里が続けてとんでもないことを言った。

三校対抗戦とは二部リーグの上位三チームが総当たりで戦い、一部リーグの最下位チームとの入れ替え戦に進むという試合だ。

「まっ、マジっすか、必死で練習しますよ、いや、いまでもしてますけど、もっとします」

選手たち、とくにBチームの人間が目を輝かせ、勢いのいい返事を返している。

みんな、一気にやる気が上がった感じで、この年頃の青年たちには女の身体というのが、そこまで効果があるのか。

(どちらにしても断ることはできないし……それにこの子たちが強くなるのなら)

頭の中がまだジーンと痺れているような感じの美織は、床に半裸の状態で座ったまま、ぼんやりとそう考えていた。

夫を監督にするためには健吾夫婦の機嫌を損ねるわけにもいかないし、それとやはり美織はバレーが好きだから、自分が関わる選手たちには強くなってほしかった。

「いいな、美織も」

熱くなったままの身体の前で両腕を交差させて虚ろな目をする美織に向けて、健吾が強めの口調で言った。

「は……はい……それでかまいません」

もう正常な判断がつかなくなっている美織は、その声に操られるように頷く。

同時に狭い用具倉庫の中で、二十人数人の選手がやったと飛び跳ねた。

第三章　用具室での大量潮吹き絶頂

（がんばってほしい……でも……勝ち抜けたらあの子たちの手が）

試合会場のベンチで美織はジャージを着た自分の身体をちらりと見た。

一位S大学、二位D大学、そして三位N大による三校対抗戦もいま佳境を迎えようとしている。

我らがN大バレー部は、最初の試合で二位のD大学に僅差だが勝利し、そのあと行われたS大とD大の試合は一位のS大が勝利した。

結果、二連敗のD大学の勝ち抜けは消え、今日のS大とN大の勝者が一部リーグとの入れ替え戦に進むことになるのだ。

「この試合に勝てば勝ち抜けだ。全員最後まで気を抜くな」

試合直前、N大のベンチ前では円陣が組まれ、キャプテンが声出しをしている。

もちろん美織も、監督の健吾もその中に加わり、キャプテンの言葉に耳を傾ける。

この緊張感もずいぶんと久しぶりで、美織は気が引き締まる思いで、居並ぶ選手たちの活躍を祈った。

「今日勝てばいい思いができるんだ。わかっているな?」

ただ選手たちも明らかに格上のS大との試合に緊張している。

それをほぐそうという目的なのだろうか、監督の健吾がニヤリと笑って言った。

「は……はい、もちろんです」

選手の一人が興奮気味に声をうわずらせながら、ジャージ姿でもはっきりと膨らみがわかる美織の胸や腰を見つめてきた。

他の者たちもいっせいに同じ円陣の中にいる美織の肉体に目を向けてくる。

(ああ……この子たちの手が全身に……)

勝利した場合、美織はすべての服を剝かれ、彼らの手で秘密の場所を暴かれて弄《もてあそ》ばれるのだ。

しかも相手は二十人以上、どんな状態になるのか美織には想像がつかない。

(きっととんでもない姿を晒してしまう……)

ただ無数の手で身体をまさぐられても、きっと屈辱感を快感が乗り越えていくのだと美織はわかっていた。

羞恥心すら悦楽に変えてしまうマゾの気質。美織にはそれがあると健吾に言われたが、少しずつだが身体に自覚させられている。

(どうして頷《うなず》いてしまったのだろうか……)

乳房とパンティの上から股間をまさぐられてイッてしまったあと、健吾夫婦の提案を美織はあっさりと承諾してしまった。

あのときは頭がぼんやりして酒に酔っているような状態だったが、平常心を取り戻したいまはつらさに心が締めつけられる。

(康介さんに申しわけがない……)

こんな目にあっているのは夫のせいであるとも言えるのだが、ただ快感に溺れてしまうのはやはり妻として申しわけがたたない。

(今日の試合にこの子たちが勝って身を任せることになっても、今度はちゃんと自分を保たないと……)

健吾が自分の監督としての実績のために美織を利用しようとしていることもわかっている。

もちろん美織は言いなりになるしかないのだが、快感に浸ってはならないと、心を引き締めるのだ。

「ここは俺じゃなくてお前から挨拶するべきだろう、美織」

バレー部専用体育館の用具室に、二十数人の選手全員と健吾夫婦、そして美織が集合していた。

時間はもう夜の八時を過ぎていて、大学にもあまり人影がない時間、用具室にある道具類はすべて外に出され、なぜかブルーシートが敷きつめられていた。

「みんな三校対抗戦の優勝おめでとう。私も自分のことのように嬉しいです」

格上のS大バレー部になんとストレート勝ちを決めた彼らは、三校対抗戦をクリアして入れ替え戦に進むことが決定した。

三位のチームが勝ち抜けるのは七年ぶりらしく、連絡を聞いた学長も名門復活の兆しだとたいそう喜んでいたそうだ。

(私はこれから……)

だが美織だけは素直に喜ぶことなどできるはずもない。二十数人の若い男たちの前で素肌を晒し、肉体を思うさま弄ばれるのだ。

(まるで生け贄《にえ》……)

美織は以前に映画かなにかで見た、少女が魔物の生け贄に捧げられるシーンを思い出す。

魔物はタコのような触手を持っていて、それを少女に絡みつかせた。

平均身長が百八十五センチを超える彼らの長く逞しい腕が、吸盤を持ったタコの手のように美織には見えてくるのだ。

(違うのは……助けなんかこないこと……)

映画では少女が食べられる寸前に、正義の勇者が剣を手に颯爽《さっそう》と現れた。

だが美織はきっと救われることも、また食べられることもなく延々と触手に嬲られつづけるのだ。

(ああっ、いやっ……)

快楽の沼に叩き込まれ狂わされる己《おのれ》を思ったとき、また美織は秘裂に甘い疼きを感じた。

身もすくむような地獄に堕ちることを、自分の身体は望んでいるというのか。

「おい、美織どうした。選手たちにちゃんと説明をしてやらないか……くく」

どんどん離れていく心と身体に美織が戸惑っていることを察しているかのように、健吾が抑えた笑いで見つめてきた。

選手たちの前で彼はいっさい美織に触れようとしない。ただどのように振る舞うのかは事細かく指示されている。

あくまで美織は自分で望んで、選手たちにご褒美を与える立場なのだ。

「は……はい……あ、あなたたちにはもちろんがんばったご褒美を受け取る権利があるわ……」

健吾と真里に仕込まれていた言葉を口にしながら、美織はジャージの前のファスナーを開いて脱ぎ捨てる。

「おおっ」

これもあらかじめ命令されていて、美織はジャージの下は下着しか身につけていない。

大きく開いたジャージの上着の中から、薄いピンクのブラジャーに包まれたHカップの巨乳が姿を見せると、ブルーシートの上に並んだ男たちがいっせいに声をあげた。

「ああ……」

ジャージを足元に落とし、白い肩や引き締まった腹部を晒した美織は恥ずかしげに視線を斜め下に向ける。

（なんだか……裸よりも恥ずかしい……）

隠すのは許されていないので、美織は両手が下がりそうになるのを懸命にこらえながら、身体を小刻みに震わせている。

裸よりも彼らの目線が突き刺さるのを感じる理由は、ブラジャーのカップの部分がピンク色のシースル生地になっていて、乳頭が完全に透けているのだ。

もちろん美織の私物ではなく、今日の日のためにと真里が用意した下着だ。

「ようやく美織コーチのおっぱいを揉めるんだ」

前回はBチームだった選手たちは早くもいきり立っていて、自分の股間をまさぐっている者もいる。

「いやっ」

選手たちは全員、すでにパンツ一枚になっていて、ボクサーパンツやブリーフの人間は、肉棒の形がくっきりとしている。

通常時でも夫のよりも大きいように思える若い男根たちが、美織の透けた乳房を見たとたんに一気に膨張していた。

「ほら、続けんか」

布の下にあっても猛々《たけだけ》しい肉棒を見ていられずに顔を背けている美織を、健吾が煽ってきた。

「は、はい……」

いまさらあとに引くわけにもいかないので、美織はジャージの下も脱いでいく。

パンティもブラジャーと同じで、ピンクの生地がかなり透けているので、脱ぐと陰毛の姿がはっきり覗いている。

「意外と濃いんだな……」

今度は歓声はあがらず、ただ選手たちは息を呑んで、扇情的なブラとパンティだけになったバレー界のヒロインの肢体を見つめている。

その静かさがよけいに美織の心を締めあげてくるのだ。

「うふふ、せっかくだから回ってあげたら？　後ろも見せてあげれば喜ぶわ」

美織と向かい合うかたちの選手たちに対し、真里は背後に立っている。

「ああ……」

恥ずかしくてたまらず、ずっと身体を強《こわ》ばらせていた美織だったが、頭の中に響くような真里の声に背中を押されるように、おずおずと背中を向けていく。

「お尻丸出しだあ」

そして美織の大きく実ったヒップが彼らに向けられると、一転して大歓声があがる。

後ろ側は下着としての役割はなされていない。小さな三角の布が上側にあるだけで、あとは完全に尻の谷間に埋没している。

鍛えられた筋肉のうえにプリプリとした脂肪が乗り、驚くくらいのボリュームを持って膨らんでいる。

それがほぼすべて曝け出されているのだ。若い男たちが歓喜するのも無理はない。

「もうたまらねえ、俺行くぞ」

何度も雑誌に載った巨大な桃尻が、いまはショートパンツもなしに生で晒されているのだ。

美織の現役時代に思春期だった選手たちにもう我慢などできるはずもなく、一人が飛び出したのをきっかけに、我も我もと美織に殺到した。

「ちょっと、あっ、きゃあ」

恥ずかしい下着だけとなり、全身を朱に染めて彼らの背中を向けていた美織は、いきなりタックルするように脚を抱《かか》えられて悲鳴をあげた。

さすが現役選手というか、彼らは百七十五センチの美織の身体を軽々と持ちあげる。

「あっ、いやっ、ちょっと落ち着いて、あっ、外さないで」

数人の選手たちによって神輿《みこし》のように抱えられた美織は、一面にブルーシートが敷かれた用具室の真ん中に連れていかれる。

そのさなか、むしり取るようにブラジャーが外され、巨大なHカップが弾けて飛び出した。

「まるで胴上げみたいね。それか猿の群れが獲物を捕らえて歓喜しているのかしら」

本能剝き出しで美織を担ぎ、何度も上下に揺すりながら、わざとゆっくりと進んでいくパンツ一枚の男たち。

そのうえで、真っ白な巨乳がフルフルと悲しげに弾んでいる。

(ああ……助けて、康介さん……ああ……でももう……逃げられない)

もちろんだが夫がここに助けに現れる可能性などゼロだ。自分はもう逃げることも許されないただの生け贄《にえ》となったのだと美織の心を諦めが支配していった。

「ようし、ゆっくり下ろせ」

もうパンツの前をギンギンに膨らませた男たちは、美織の身体を用具室の中央に横たえる。

「これも邪魔だ」

同時に仰向けに寝たグラマラスな肉体に無数の手が群がり、陰毛を隠す役割すら果たしていないパンティが引き剝がされていった。

「あっ、いやっ、ああっ」

ついに自分のすべてを露《あらわ》にされると知り、美織は悲しい悲鳴をあげるが、ブルーシートに横たえた身体を起こすこともできない。

足先から薄ピンクの布が抜き取られ、漆黒の陰毛が晒される。

「おっ、毛も太くて濃いな」

「やっぱりおっぱい柔らけえ」

選手たちは口々にそう叫びながら、美織の漆黒の陰毛を引っ張ったり、乳房を揉んだりしている。

それだけではない、太腿や二の腕に彼らの大きな手がまとわりついて、美織の艶やかな肌の感触を楽しんでいた。

「ああっ、いやああ、あああ」

半開きになっている唇から切ない声をあげながら、美織はほとんど動かすこともできない裸体を震わせていた。

もう自分の身体を守るものがないという不安。そして全身を男の固い手が這い回る違和感。

美織はまさに魔物に絡み取られている心境だ。

(私はこの子たちのオモチャ……)

肉棒を挿入したり舐めさせたりする行為は禁止されていて、あくまで触るだけだと健吾と真里が選手たちに念を押しているが、美織はもう彼らの指が肉棒に思えていた。

「おいっ、脚を開かせろ」

もう欲望に煮えたぎる選手たちは、美織に対する尊敬の念も失っているのか、四人がかりで美織の長く肉感的な白い脚を割り開いて言った。

「あっ、だめっ、きゃあああああ」

パンティを失った股間が全開にされようとしていることに気がつき、美織は慌てて脚に力を込めるが、現役の男子選手数人の力に叶うはずもない。

ムッチリとした太腿が引き離され、柔軟な股関節は抵抗もなく開脚した。

「おおっ、これが加藤美織のオマ×コ」

選手たちの意識の中では、現役時代にコートの華だった美女選手に戻っているのか、旧姓でその名を呼びながら、いっせいに一直線になった股間を覗き込んできた。

「ああっ、見ないでええ、ああっ」

両腕も押さえつけられ、美織の身体はブルーシートの上で、カタカナのエの字のような形になっている。

もちろんだが濃いめの草むらやピンクの女肉、そしてセピア色をしたアナルまでもが丸出しになり、美織は羞恥に泣き声をあげた。

「綺麗なオマ×コだな、ビラも小さいし」

「意外と控えめだよね。締まりもよさそう」

興奮しながらも、選手たちは美織の女の部分を口々に品評しはじめる。

「ああっ、言わないで、ああっ、許してぇ」

内臓の中まで見つめられているような気がして、美織の羞恥心は頂点に達していた。

大きな瞳にはもう涙がにじんでいるのだが、一方で身体は熱さを持っていた。

「なんだかヒクヒクしてないか？　入口が」

もちろんいまの美織に身体の熱を思う余裕などないのだが、女の部分は無意識に反応していたようで、めざとい選手が気がついた。

「美織コーチ、これからエロいことされるのが嬉しいんですか？　乳首も立ってるし」

よく見たら身体をよじらせるたびに波打つ巨乳の先端も勃起していると選手の一人がにやつきながら、指で弾いてきた。

「そんな、違う、あっ、いやっ、あああっ」

美織は慌てて否定しようとするが、乳首から強い痺れが駆け抜け、甲高く艶のある悲鳴をあげてしまう。

(いやっ、すごく敏感になってる……)

先日、乳房だけを弄ばれたときよりも、乳頭部の快感が強くなっている気がする。大勢の男に押さえつけられ抵抗を封じられ、自分は興奮しているというのか、それとも責められるたびに身体の感度が成長しているのか。

(ああ……いやあ……私、そんな破廉恥な女じゃ……)

どちらだったとしても、二十数人の目に女の秘密の場所を晒しながら、性感を燃やしていると、美織は認めたくなかった。

「もっと奥まで見たいな」

長い脚は完全に開ききっているが、少女のような固さの残る美織の秘裂は少し口を開いている程度だ。

選手たちはさらに奥まで覗こうと、花弁の左右にそれぞれ別の人間が指をあてて開いていった。

「ああああっ、だめええ、あああっ、いやああ」

膣口も丸い穴となり、薄桃色をした肉厚の媚肉が覗いている。さらにその上側には小さな尿道口とヒクヒクと小刻みに震えているクリトリスが姿を見せていた。

「ふふ、美織コーチのクリちゃんが俺らを誘ってるぜ」

選手の一人が指の先で敏感な肉の突起を軽く弾いた。

「ひあっ、あああっ、だめっ、あああっ」

弾かれたのは一度だけだったが、それだけで美織は悲鳴のような声をあげ、大きく手脚を開かれた白い身体を悶えさせた。

とくに一直線になるまで開脚した肉感的な太腿が、ビクビクと波を打っていた。

「この前もすごい感じてたけど、やっぱり好きなんですね。こんなエロい身体してるからかな」

前回、Aチームに所属していた選手は美織が絶頂する様子を見ている。

もうなにをされても敏感に反応する人妻となった元美女選手に、若い大学生たちの顔が淫靡な笑みに包まれていた。

「いっ、いやっ、違うわ。あああっ、私は」

遥かに後輩となる選手たちに小馬鹿にされ、美織は唯一自由になるショートボブの頭を振って泣き声をあげた。

その淫らな女ではない、そういまでも思っていたかった。

「それをこれから確かめさせてもらいますよ。こいつも用意してきたし」

開かれた股間を彼らの視線から逃すこともできずに、羞恥に悶え泣く美織の前に、茶髪の選手がプラスティックのボトルを二本持って現れた。

「いやあ」

ニヤニヤと笑うこの選手に絶頂にまで追いあげられた美織は、あれ以来、彼の顔をまともに見ることもできないでいた。

そんな相手がなにやら怪しげな液体の入ったボトルを手にしているのだ。これからさらなる地獄が待っているのだろうと恐ろしくてたまらない。

「心配しなくてもいいですよ、ただのローションですから。美織コーチの綺麗な肌にこいつらのがさつな手で傷をつけるわけにいかないですからね」

いつものようにネチネチとした口調で言った茶髪は、ボトルの蓋を外すと、仰向けの美織の腹部に、一本分すべてぶちまけた。

「冷たい、ああっ、いやっ」

肌にひんやりとした粘液が広がり、美織は身体をよじらせる。

その冷たさが恐怖をさらに煽りたてるのだ。

「さあ、伸ばしていけよ」

そう言って茶髪がボトルの底を叩いて最後の雫を落とすのを合図に、数十本の腕が美織の白い肉体に伸びてきた。

「あっ、だめっ、ああっ」

このために敷かれたであろうブルーシートにローションが飛び散るくらい、美織は身体をよじらせるが、真横に向かって引き延ばされた腕も脚も動かない。

あっという間に美織の全身に粘液が行き渡り、妖しく輝く白い肌の上を男たちの手が這い回る。

「このおっぱい最高だぜ」

一人の選手が美織のたわわなバストを絞るようにしながら、乳頭をこね回す。

「太腿も指が食い込んでいくぞ」

ある選手は美織の真一文字に開かれた両脚を愛おしそうに撫でさすっている。

「あああっ、そんなに激しく、ああっ、しないで、はあああん」

激しくなってきた彼らの愛撫に美織の声色《こわいろ》もどんどん変化していく。

人妻コーチの濡れた肉体がピンクに染まっていくのを見て、キャプテンと茶髪が漆黒の陰毛の下に手を伸ばしてきた。

「ひっ、いやっ、そこは、ああっ、あああん」

もちろん下着姿になったときから覚悟はしていた。

ただいざ男の太い指が膣口を割り開いて侵入し、夫だけに許したはずの膣内を蹂躙しはじめると美織はたまらない気持ちになって涙ぐむのだ。

「いまさらなに言ってるんですか。自分から僕たちにご褒美をあげるって言ったんですよ」

膣責めを担当しているのはキャプテンだ。人差し指でぐるりと掻き回したあと、彼は中指も加えて二本束にして媚肉を嬲りだす。

「あああっ、だって、だって、あああん、あああ」

急激に目覚めていく女の部分をローションにまみれた指が抉りつづける。快感が腰を震わせ、美織はグラマラスな身体を激しくよじらせ、もう反論するのもままならなくなる。

「そうそう、素晴らしいご褒美ですよ。そのエロい顔が」

茶髪のほうは指で美織の花弁を開いてキャプテンが責めやすいようにしながら、クリトリスを強く擦ってきた。

ローションのぬめりのおかげか痛みはまるでなく、腰骨が砕けるような快感があるばかりだ。

「はあああん、あああっ、いやあ、あああん、あああ」

他の選手たちも美織の身体を責めつづける。乳首は摘まれてこね回され、脇や首筋などの敏感な部位も指でくすぐられていた。

「ああっ、もうだめっ、あああん、許してえ、ああん、ああっ」

もう全身が性感帯になったかのような錯覚に陥り、自分でも驚くような早さで美織はエクスタシーへと向かった。

「おっ、オマ×コが締めてきた。もうイキそうだぞ」

媚肉にも反応が出ていたのか、キャプテンが二本指を高速でピストンしはじめた。

「あああっ、イク、あああん、だめえ、イッちゃうからあ、あああ」

唇を割り開いたまま美織はもうなにも考えることなく叫んでいた。

太い指を二本も飲み込んだ秘裂からはクチュクチュと激しい音があがり、開かれた裸体が大きくのけぞった。

「はあああん、イクうううう」

自ら絶頂を叫びながら、美織はただ快感に身を任せ、押さえつけられている手脚を引き攣らせた。

腰が自然に浮きあがると同時に、痺れきった秘裂に電流が走り、尿道を熱いものが駆け抜けた。

「あああっ、ああん、ああっ」

まだキャプテンの指を呑み込んだままの膣口の上で尿道口が開き、透明の液体が噴きあがった。

「いやっ、いやあああ」

思いもしなかった肉体の暴走に美織は大きな瞳を見開いて絶叫した。

水流は一度だけではなくキャプテンの指が媚肉を擦るたびに、豪快に上に向かって飛び出してく。

そしてそのたびに強い絶頂の快感が頭の先まで突き抜け、美織は開きにされたグラマラスな全身を痙攣させるのだ。

「おおっ、潮吹きだ。AV見てるみてえ」

美織の肩や腕を押さえている選手が興奮気味に叫んだ。

「いっ、いやっ、潮吹き、いやっ、ああっ、また出る、あああっ」

生きているのがいやになるような激しい羞恥に苛《さいな》まれながらも、自分の意志でもう身体はコントロールできない。

（私……ああ……私……どうしてこんな姿まで……）

快感に脳まで痺れているような感覚のなかで、美織は虚ろに空中で弧を描く水流を見つめるのだった。

「あっ、ああっ、いやっ、ああっ、もう許してええ、あああん、ああ」

ブルーシートの水たまりができるような潮吹きを繰り返したあとも、美織は休む時間も与えられず、選手たちの手で全身を愛撫されていた。

「あっ、あああ、だめっ、あああっ、またイッちゃう、ああっ」

いまは四つん這いになって大きなお尻を後ろに突き出し、パンツ一枚の男たちに取り囲まれ、その中の一人である茶髪の指で媚肉を弄ばれていた。

太い二本の指が繊細に膣奥を刺激するたびに、背骨まで痺れるくらいの快感が突き抜け、美織は身体の下で張りの強い巨大な乳房を揺らしながら悶え泣くのだ。

「美織コーチってイクとき、お尻がキュッってなるよな」

絶頂にのぼりつめる瞬間にヒップの下の筋肉が激しく脈動するのも、選手たちに気づかれていた。

そう、美織は潮吹きしたあと、何度も彼らの指や舌でエクスタシーに追いあげられていた。

「すごい体力だよね、普通の女なら気絶してるだろ。さすが超一流」

クチュクチュと音を立てる美織の秘肉を、二本指でピストンしながら茶髪が感心したように言った。

「そうだな、全日本クラスは性欲も強いのが多いぞ」

壁際で腕組みをして成り行きを見守っている健吾が選手の疑問に答えた。

「なるほど、じゃあ、美織コーチは世界クラスの淫乱だから、どれだけ責めても平気だな」

調子のいい口調で茶髪が言うと、さらに指のピッチを上げてきた。

「違う、あああっ、私、淫乱なんかじゃ、あああん、はあああん」

夫しか知らない自分を淫婦呼ばわりされ、美織は懸命に否定しようとするが、開ききった唇を閉じることができない有様だ。

もう泣き顔の美織を茶髪は一気に追い込んできた。

「あああっ、だめっ、あああっ、イクううううう」

今日、何度目なのかわからない頂点を告げる雄叫びをあげ、美織は四つん這いの身体をのけぞらせた。

巨大なヒップが何度もブルブルと震え、それが全身に伝わって肌が波打った。

「あうっ、はあああん、あああっ」

エクスタシーの発作は断続的に湧きあがり、美織はそのたびに息を詰まらせて全身を引き攣らせた。

大きな瞳はとろんと目尻が垂れ下がり、半開きの唇からはずっと激しい息が漏れていた。

「も、もうたまんねえ」

まさに牝となった美織を見つめていた一人の選手が声をあげてパンツを脱ぎ捨てた。

「きゃあぁ、いやっ」

その位置が四つん這いの自分の肩に近い場所だったので、ギンギンに勃起した怒張が目の前にあった。

夫のモノとは比べようもない、巨大で亀頭の傘が張り出した逸物に、美織は小さな悲鳴をあげた。

「おい、セックスは禁止だぞ」

暴走しようとする選手をキャプテンが慌ててとがめた。

「要は入れなきゃいいんでしょ」

裸になった選手は禁止されたのは挿入する行為だと言って、犬のポーズのままの美織の二の腕あたりに亀頭を擦りつけてきた。

「きゃっ、だめっ、あっ、いやっ」

硬く、そして熱い逸物を素肌に感じた美織は驚いて、顔を背ける。ただなぜかはわからないが身体が痺れて動かせない。

「くうう、コーチの肌、滑らかで気持ちいいっす」

選手は快感に顔を歪めながら腰を激しく使ってきた。

まだ美織の身体にはローションがまとわりついたままなので、ほとんど摩擦がなくて気持ちいいのだろう。

「ううっ、だめだ、出る、ううう」

屹立した肉棒を強く押しつけながら、選手は顔を歪めた。

同時に美織の肌に密着した亀頭がさらに膨らみ、白い粘液が迸《ほとばし》った。

「きゃっ」

飛び出した精液は美織の肩や首筋まで飛び、糸を引いて垂れ下がっていく。

何回も射精は繰り返され、そのたびに四つん這いの身体に粘液が絡みついていった。

(ああ……すごい臭い……)

若い精液は夫のよりも遥かに濃厚で臭いもきつい。

ただその香りに牡を感じるというか、まだエクスタシーの余韻が残る身体がさらに熱くなるのだ。

（どうしてこんなになにもかも違うの……若いから？　ああ……なにか変な感覚）

生臭い精液の香りに、美織はなんだか意識まで朦朧としてくる。

強烈な牡を感じさせる濃い精液や逞しい肉棒に美織の牝の部分が魅入られているのかもしれなかった。

「お、俺も」

一人が射精すると、選手たちは我先にとパンツを脱いで全裸になっていく。

「あ……」

体格が大きい分、選手たちの肉棒は巨大なうえ、若々しく天井に向かってそそり立っている。

美織は四つん這いのまま視界に入る肉棒をぼんやりと見つめつづけるのだ。

「少しくらいサービスしてあげてくださいよ、美織コーチ」

女慣れしているらしい茶髪は、美織の心が蕩けているのを察したのか、秘裂から指を抜き取り、肩を摑んで引き起こしてきた。

「ああ……」

抵抗の気持ちも湧き起こらない美織は、ブルーシートの上に濡れ光る全裸の身体で膝立ちになった。

陰毛までヌラヌラと輝いているグラマラスな肉体に、数人の選手たちが殺到した。

「柔らかいです、コーチ」

ある選手は腰を下げて美織の巨乳に勃起した逸物を突き立ててくる。

張りの強い巨乳がぐにゃりと歪み、どす黒い男のモノを包み込んでいた。

「お、俺は手を使ってもらってもいいですか？」

別の人間は美織の手を取って自分のモノを握らせた。

「あっ、僕も」

反対側にいた選手も美織の腕を引きあげて勃起した肉棒を持たせてきた。

「あ、やん……」

されるがままに美織は両手に持った二本の逸物をゆっくりとしごいた。

それはもうほとんど無意識で、背中にまで擦りつけられている若い怒張の硬さが美織を狂わせていた。

「あっ、ああ……はあん」

乳首や秘裂など性感帯にはいっさいの刺激を受けていないのに、美織は瞳を妖しく潤ませたまま、膝立ちの身体を委ね、指を絡みつかせるようにして亀頭をしごいた。

（どうして、こんなに……大きくて硬いの……おチ×チンってこういうものなの）

初めて生で感じる夫以外の肉棒。どんどん虚ろになってくる意識の中で、美織は手のひらで硬いモノを感じることが心地よくなってくる。

「あ……ああ……」

頬はもうピンクに上気し、半開きの唇からはずっと切ない声が漏れている。

美織自身も気がついていないが、ローションに濡れ光るグラマラスな身体がゆっくりとくねっていた。

「うっ、もう出る、ううう」

左右に立って美織にしごかれている選手たちが限界を口にして射精した。

手のひらの中で太い肉棒がさらに膨張する。精液が勢いよく飛び出し、なんと美織の頬にまで届いた。

「やん……すごい……濃い……」

ねっとりとした臭い粘液が頬からを顎へとつたい落ちていく。

さらには美織の身体に怒張を擦っている選手たちも射精し、丸いHカップや背中まで白い液体にまみれていった。

「俺もお願いします」

射精した選手たちは後ろに引き、次の者が美織の横に来た。

すでにギンギンの逸物を目の前に突き出された美織は、躊躇《ためら》いもなく、そして頬にまとわりついた精液を拭おうともせずに両手で二本同時にしごくのだ。

「こっちでしてもらえないですかね、俺は」

逞しい逸物をうっとりとした目でしごきつづける美織の眼前に、茶髪が怒張を突き出してきた。

正面に立った彼は膝立ちの美織の鼻先に、赤黒い亀頭を突きつけていた。

「おい、それはだめだって言われたろ」

茶髪がなにを求めているかは、純真な美織でもわかる。横からやりすぎだとばかりにキャプテンが声をあげ、選手たちはなぜか美織ではなく監督の健吾を見た。

「うーん、まあ、美織がいいんならかまわないんじゃないか。美織が決めろ」

健吾は相変わらず薄笑いを浮かべたまま、目の前に怒張を持って来られても精子まみれの顔を動かそうともしない美織にそう言った。

「わ……私が……」

夫婦だから夫のモノを舐めたりしたことはあるが、まるで大きさが違うし、血管も浮かんでいてあまりに禍々《まがまが》しい。

そしてなにより、康介の妻である自分が他の男の棒を舐めるなんて許されない。健吾もフェラチオまでは強要していないのだ。

「お願いしますよ、美織コーチ。俺がんばってたくさんイカせてあげたじゃないですか」

美織の唇の数センチ前で茶髪は肉棒を振って求めてきた。

(この子たちが私を気持ちよくさせようとがんばったんだから……次は私の番よね)

冷静に考えれば、美織はイキたくてのぼりつめつづけたわけではないのだが、いまは思考が麻痺していて、そんなふうに考えてしまう。

お返しに彼を喜ばせなければならない。試合もがんばって結果を出したのだからと、美織は心の中で呟きながら、目の前の亀頭にゆっくりと唇を寄せていった。

「んんん……んく……んん」

巨大な逸物を美織は柔らかい唇で包み込むとさらに奥へと呑み込んでいった。

(臭い……ああでも……なんだか変な気持ち……)

康介の肉棒の二倍以上はある巨根が口内を埋め尽くし、強烈な男臭が鼻を衝く。

なのに股間がムズムズとしてきて、それが膣奥にまで広がっていくのだ。

「あふ……んんんん……んく、んんんんん」

美織はいつしか瞳を閉じ、頭を大胆に動かしてしゃぶり、両手で握った怒張も強くしごいていた。

（ああ……硬い……ビクビクしてる……）

唇で感じている茶髪の肉棒も、手のひらの中にある二人の逸物も、太く逞しい。

そして夫にはまるでない鉄のような硬さがある。熱く逞しい怒張は美織の心まで溶かしていた。

「あああ……すごく気持ちいい、美織コーチの口マ×コ、たまんねえ」

茶髪は素直に感情を表すタイプなのか、歓喜の声をあげながら長身の身体を震わせている。

（口マ×コ……ああ……私……いまお口でセックスをしてるんだ……）

まさに口内を怒張で犯されていると美織は思う。ただ嫌悪感やつらさはまるでない。

「あふ……んんん……んく……んんんん」

もう美織の心は目の前の三本の怒張に囚われていた。

「あうっ、もうだめだ、出る。ううう」

先に手でしごかれていたほうの二人が腰を震わせて達した。

先端から精液が迸り、また美織の頬や首筋に浴びせられた。

「んんん……んく……んんんん」

顎から大量の精液が滴り、美織が身体を動かすたびにフルフルと弾む巨乳に落ちていく。

白い肌をさらに白く染めあげる精液の臭いがあたりに充満していているが、美織は唇の中の茶髪の肉棒に集中していた。

「んんん……んんんん……んく、んんんんん」

こんなになにかに一心不乱なのは現役のとき以来だろうか。ということは自分の中で肉棒がバレーボールと同じくらいのものになっているか。

青春のすべてを賭けた競技とこんな淫らなモノを同列に感じている自分が少し怖くなる美織だったが、いまはもう考えるのはやめた。

「んんん、くうん、んんんん」

しゃぶっているだけのはずなのに、全身が熱くなり、弾む乳房の先端も尖りきっている。

媚肉はもう熱く蕩けきり、その熱に押され美織は夫にもしたことがないくらいに大胆に頭を動かし、喉の奥で亀頭をしごくようにしゃぶりあげた。

「くううう、すごい、う、もう出ます、美織コーチ、飲んでくだ……く、イク」

最後まで言葉を言う前に茶髪の肉棒を脈打たせる。

ただでさえ大きな逸物がさらに膨張して、顎が裂けそうになるが、美織はただじっとすべてを受け止めた。

「ううっ、くうう、出る」

亀頭が喉の近くで爆発し、精液が直接注ぎ込まれてきた。

「んんん、んく、んんん」

ねっとりとした精子が口内を満たし、強制的に喉奥に流し込まれる。

強烈な臭いと苦い味に美織はむせかえりそうになるが、巨根によって喉を塞がれているので喉を鳴らして飲み込むしかない。

(ああ……止まらない……)

茶髪の射精は一度ではおさまらず、何度も濃い粘液を発射してくる。

喉を通過し、食道にまとわりつくような感覚の中で、美織は自分のすべてを奪われているような感覚に陥り、膝立ちのままの身体を震わせるのだった。

「ふうう、最高でしたよ、美織コーチ」

どれだけ出すのかと思うような大量の精液を美織の口内にぶちまけたあと、茶髪は満足げに腰を引いた。

「んん……ぷは……んん……ん」

顎を裂かれるような苦痛から解放された美織は、がっくりと頭を落とし、ピンクの唇の横から飲みきれなかった精液を滴らせた。

ただ身体はずっと熱いままで、膝をブルーシートについた下半身もジーンと痺れたままだった。

「美織コーチ、僕はパイズリでイカせてください」

茶髪がフェラチオを要求したとき、慌てて止めに入ったキャプテンが、声をうわずらせながらパンツに手をかけた。

美織の全身から立ちのぼる精液と発情した牝の香りにやられたのか、ふだんは真面目な彼も本能にギラついた目をしている。

「パ、パイズリ……」

乳房で肉棒を愛撫する技があるのは知っているが、実際に夫にしたことはない。もし康介から要求されたとしてもいつもの美織なら恥ずかしがって拒否しただろう淫らな行為に思える。

ただ秘裂の奥がずっと疼きつづけているいまは、なぜか拒絶しようという気持ちが湧いてこなかった。

「お願いします」

パンツを脱いで全裸になったキャプテンが、顔や乳房も精液に濡れ光らせる膝立ちのグラマラス美女の前に立った。

「きゃっ」

思わず美織が声をあげたのはパイズリがいやだったからではない。キャプテンの股間ですでに反り返っている逸物のあまりの大きさに驚いたからだ。

大柄な身体に比例するように巨根を持つ選手が揃っている中でも、キャプテンの肉棒は桁外れの威容を誇っている。

(こんなのが女性の中に入るものなの……)

顎が裂けるかと思った茶髪に肉棒よりもさらに二回りほども巨大で、太さも美織の手首くらいはあるように見えた。

亀頭の傘の張り出もすごく、見つめていると頭がクラクラしてきた。

「さあ、お願いします」

膝立ちのまま呆然となる美織の前に、キャプテンは動物の角を思わせる逸物を押し出してきた。

「ああ……うん……」

口でするよりはいくらかましだと、美織は自分に言い聞かせながら、両手でバスト持ちあげて柔肉の間に太い肉茎を挟む。

そして柔肌を擦りつけるようにしながら、上下にHカップの巨乳を動かした。

「うう、これたまんないです。ううう、くう」

まだ身体にまとわりついたままのローションが摩擦を奪っているおかげか、柔らかい乳肉が滑らかに逸物を擦りあげる。

キャプテンはその巨根を前に突き出すようにしながら快感に震えだした。

（ああ、硬くて大きい、こんなのがもし入ってきたらお腹が裂けちゃうかも……）

夫のモノと比べたら違う動物ではないかと思うくらいの怒張。しかも硬さも乳房が弾かれるくらいにガチガチだ。

こんなのを膣に挿入されたら死んでしまうのではないかと、美織は思う。

「ああっ、はうっ、ああ……いや……」

ただ一方で美織の肉体の昂《たかぶ》りはどんどん激しくなっていく。

あまりに巨大な逸物の女の部分が反応し、ムチムチとした下半身が自然に動きだしてしまうのだ。

（いやっ、こんなの入るはずがないのに……）

身体がまるで肉棒を望むような反応をしていることに美織は狼狽していた。

子宮まで熱くなるような感覚を振り払うように、美織は懸命に乳房を動かす。

「あうっ、激しすぎます、コーチ、くううう」

たわわな乳房の中でキャプテンの肉棒は脈を打ち、さらに大きさを増していくように感じる。

（ああ……すごい……）

目の前にはいまにも尿道口が開きそうな赤黒い亀頭がある。美織は無意識にその先端部に舌を這わせていた。

「はっ、はうっ、くうう、コーチそれだめ、あうっ、もうイッちゃいます」

亀頭の先端から裏筋を丁寧に舐めると、キャプテンが腰を震わせながら限界を口にした。

「んん、んく、んんん、んんん」

男の昂りを示すかのようにカウパーの薄液が次々に溢れ出すが、美織はそれもすべて舐め取っていく。

彼以上に肉欲を燃やしている美織は、苦味も気にならない。

巨根に対する恐怖心もいつしか消え去り、乳房の中の怒張に愛おしささえ感じている状態だった。

「はっ、はうっ、イク、あああ」

こもった声をあげると共に唇の前で肉棒が爆発する。

「んんん……あ……出るのね、あ、んんんん」

誰に命令されるでもなく、美織は彼の尿道口に唇をあてて迸る精液を飲みはじめる。

「すげえ、パイズリしながら飲んでくれてる。いやらしい」

横で見ている選手たちが感心するほど、美織は貪欲《どんよく》に亀頭に吸いつき、乳房を大きく動かしながらすべてを受け止めていた。

自分でもどうしてこんなことをしているのかわからないが、なにかを考えるのもつらく、昂る身体のなすがままに衝き動かされていた。

「すごく気持ちよかったです。飲んでくれてありがとうございます」

ずいぶんと長く続いた射精が終わると、真面目なキャプテンは、一歩下がって腰を九十度に曲げた。

「あ……うん……いいの……」

美織はまだぼんやりとしたまま、彼の言葉にそう返事をしていた。

身体の芯がジーンと痺れている感じで、激しくイカされた事後の感覚に近かった。

「コーチ、みんなを代表してお願いがあります。一部との入れ替え戦に勝ったら僕らとセックスしてもらえませんかっ」

まるで高校生が好きな子に告白をするかのように、キャプテンが振り絞るような声で言った。

「俺らも必死で練習します。だからお願いします」

他の選手たちも、いつもは軽い調子の茶髪までもが頭を腰を深く折っている。

(私とするためなら……この子たちはそこまでがんばるんだ……コーチとしてここは逃げたらいけない……いけないのよ)

まるで自分に言い訳をするかのように美織は心の中で繰り返す。

パイズリやフェラチオで蕩けきった身体や心が、その思いを正当化させてくれた。

「いいわ……勝ったら……」

そして気がついたら美織は目を蕩けさせたまま、そう口にしていた。

第四章　コートで弾む剝き出しHカップ

「今日はミニスカートなんだ。どこかに出かけるの？」

朝、チームの練習に向かう康介を見送りに来てくれた妻は、珍しく太腿の半分以上が晒されている短いスカート姿だった。

「う、ううん、近所を散歩するくらいだけど……気分転換かな、おかしい？」

恥ずかしそうに、そして少し悲しげに視線を下に向けた美織を康介はじっと見る。

（恥ずかしいのに興奮してるのか？）

あまり露出的な服装をしない美織がミニスカート以外にも、巨乳をわざわざ目立たせるような身体にフィットした上衣を着ているのは、真里の命令によるものらしい。

ふだんから女を磨くのが美織の役目だと伝えたと言うのだ。それが選手たちの士気向上につながると。

(まあ、確かにやる気は出るだろうが……あの真面目な美織が。それともそんなことも考えられないくらいに淫らになっているのか……)

自分の妻が精液にまみれながら数十本の肉棒に囲まれる様子を、康介は健吾が隠し撮りした映像で見た。

若い牡の臭いと、自分とは比べものにならない巨根たちに囲まれた美織は、見たこともないくらいに瞳を蕩けさせ、口には笑みすら浮かんでいたように思う。

(興奮するよ、美織……)

他人の逸物に、それも大勢の人間の前で、グラマラスな肉体を燃やす妻はもう自分の知らない顔になっている。

画面越しとはいえそれを目の当《ま》たりにすると、康介は激しい嫉妬と同時に異常な興奮を覚えるのだ。

「ねえ、康介さん、なにか言ってよ」

妻の声に康介ははっとなった。会話も忘れて禁断の欲望にぼんやりとしてしまっていた。

「よく似合ってるよ。これからはそういう服もどんどん着たほうがいいかもね」

妻を褒めながらその表情を見ると、頬はピンク色に上気して、大きな瞳は妖しげに濡れ光っていた。

日に日に牝の姿を見せていく美織に、康介はギンギンになった股間の肉棒をカバンで隠しながら、この自分のモノよりも遥かに大きな巨根でよがり悶える彼女の姿を妄想し、狂いそうなくらいに興奮するのだった。


(ああ……すごく見られてる……)


N大まで美織は電車で通っている。帰宅ラッシュになる前なのでそれほど混み合っているわけではないが、席には座れずにつり革を摑まって立っていた。

そんな美織に車内にいる人間の視線が男女問わずに注がれている。

「すげえ……スタイル……モデルか?」

美織の近くに座っている男子高校生の二人組が囁き合っている。

いまの美織は夫の康介を見送った際と同じ、太腿が剝き出しのミニスカートに、グラマラスな身体にぴったりとはりついたカットソー姿だ。

Hカップの胸元は大きな膨らみとともにブラジャーのレースが浮かび、スカートはタイト気味なので、九十センチを超えるヒップの盛りあがりも強調されている。

(ああ……いや……)

恥ずかしくてたまらない美織だが、同時に顔が熱くてたまらず、白い肌もピンクに染まるのだ。

「あの人、加藤美織じゃない？」

美織の正面に座る大学生といった感じの女子二人が、美織の旧姓を口にしている。顔バレはまずいからと、美織はサングラスにマスク姿だ。顔は隠しているのに身体を露出しているという異様な姿だから、さらに人目を集めている。

「違うでしょ、いくらなんでもあんな有名な人が、こんな露出狂みたいな服」

クスクスと笑いながらもう一人の女子大生が否定した。

（ろ……露出狂……ああ……）

元バレー選手だとバレなかったのはいいが、変質者を示す言葉が美織の心に突き刺さる。

ただそんな蔑《さげす》みを受けても、美織の肉体はさらに熱くなるのだ。

（康介さん、ごめんなさい……美織は……馬鹿で恥ずかしい女です……）

選手たちの精液にまみれた身体を洗い流したあと、美織の心に湧きあがったのは激しい自責の念だった。

夫の夢のために健吾の要求をのみ屈辱に耐える。それが美織の理由であったはずだ。

(なのに一度ならず二度までも……)

乳房や媚肉を嬲られてよがり泣いてイキ果てる。それだけでも妻として許されないことなのに、彼らの要求に押し流されるように飲精までしてしまった。

そこまでは健吾も真里もいっさい強要はしていない。すべて美織が自分の意志で行なった淫らな行為なのだ。

(あんな約束まで……康介さん……私……)

そしてついに美織は彼らが一部リーグに昇格したら、セックスをする約束までしてしまった。

絶対に許されないはずなのに、あの日の美織は、精液の臭いに頭をやられていたのだ。

(でもお酒や薬じゃないのに……ああ……どうして私はこんなにおかしく……)

精液に人を酩酊させる成分が入っているわけでもないのに、美織はほとんど自我を失っていたように思う。

いやそうではなく、昂《たかぶ》る肉体にすべてを押し流され、考えるのを拒絶してしまったのだ。

(情けない女……)

これはすなわち性欲に溺れてしまったということだ。

妻としてはもちろん、疲れきった肉体を精神力で奮い立たせるのがアスリートなのに、美織は身体に心が負けてしまったのだ。

（ああ……怖い……）

いまもストッキングを穿いていない生脚に乗客たちの視線を受けると、秘裂の奥がムズムズと疼くのを感じる。

（どうなってしまうの……私は……）

自分の意志ではどうにもならない肉体が恨めしい。そして夫である康介に申しわけなくてたまらない。

サングラスの中の瞳を潤ませながら、つり革を摑む美織は哀しみの中で電車に揺られつづけるのだ。

日も暮れてからの練習中、コートで一度跳ねたボールが美織の前に飛んできた。

「すいません、ありがとうございます」

美織がそれを両手でキャッチすると、コートで試合形式の練習をしていた選手の一人が走って取りにきた。

「はいっ」

いつものように美織は笑顔でボールを選手に返すが、彼の視線が自分の身体に注がれていることに気がついてはっとなった。

（練習中はちゃんとしないと）

電車の中では露出の昂りに翻弄され、自分の肉体の暴走にさんざん悩んだ美織だったが、体育館に入ったあとはバレーの指導に集中しようと気を引き締め直した。

だがそんな美織を真里は許してくれなかった。

「選手たちに聞いて回ったら、あなたがエッチな格好をしてくれているほうが練習に気合いが入るって意見が多かったのよ」

そう言って真里が手渡してきたのは、腰とお尻のところが紐になっている黒の扇情的なパンティと、バレー用の膝サポーターとシューズだった。

「男って変よね。おっぱいは丸出しでも脚はプレー中と同じほうが興奮するんだって」

真里がみんなの意見をとりまとめたところ、膝サポとシューズは着けておいてほしいというのが圧倒的だったそうだ。

もちろん美織は拒否したが、真里は、N大のチームは順調に強くなっている、夫もあなたのおかげだと満足してると、暗に健吾の機嫌を損ねるなと匂わせてきた。

（ここまで来てすべてが無駄には……）

なんのために自分はがんばってきたのか、そう思って美織は真里が差し出した恥ずかしいパンティを受け取った。

まるでそれは自分に言い訳をするようにも思えたが、もう考えるのがいやだった。

（みんな見てる……）

扇情的なパンティに膝サポーターとシューズ、あとはソックスのみだということは、Hカップの巨乳はもちろん丸出しだ。

この格好で体育館に現れたとき、選手たちはどよめき、続けて欲望の眼差しを向けてきた。

「ああ……見ないで……」

いまもプレーが止まるたびに、鍛えられた身体の前で小さく揺れている巨乳や、黒い三角の布があてられているだけの状態の股間を選手たちは見つめてくる。

その熱い視線を感じるたびに、美織はまた膣奥を疼かせ、身体が熱くなってくるのだ。

「その攻撃パターン、トスまではいいけどアタックのタイミングが悪いわね。美織コーチ、あなたが見本見せてあげたら」

禁断の性感を自覚して恐怖する美織の後ろから、真里の大声が響いた。

「ええっ、そんな」

見本ということは美織がコートに入ってスパイクを見せるという意味だ。乳房もそして尻たぶも丸出しになったいまの状態で選手たちの間近にたち、ジャンプする。考えただけで頭がクラクラしてきた。

「やって見せるのが一番早いわよ。あなたならできるでしょ、さあ」

狼狽《うろた》える美織の背中を真里は強引に突いてきた。

「ああ……」

押し出されるように美織はフラフラとネットの前に歩み出る。

それだけで巨大な二つの肉房が大きくバウンドし、ピンク色の乳首に選手たちの熱い眼差しが注がれた。

「よし一人下がれ、始めるぞ。美織も早く構えろ」

なぜか身体がカッカッとしてきて虚ろな瞳になっている美織に考える隙も与えないように、健吾が指示をした。

「ああ……はい……」

ネットの向こう側にいる選手がサーブの体勢に入ると、美織は反射的に腰と膝を曲げるフォームを取った。

幼い頃からバレーに生きてきた美織は、もう身体が勝手に反応してしまう。

「うおっ」

前屈《かが》みになった美織の黒い紐が食い込んだ巨尻が、後ろにいる選手たちに向かって突き出される。

何度もユニホームの上からの写真が雑誌に掲載された、迫力のある尻たぶが生で突き出され選手たちが見とれている。

（視線が痛い……）

現役時代よりもさらに豊満さを増したヒップに牡の視線を感じると、美織は肌がヒリヒリとする感覚に囚われる。

だがそれは不快ではなく身体の芯を熱くする。選手の頃は嫌悪感しかなかったのに。

「行ったぞ」

美織がぼんやりとしているのに気がついたのか、健吾の声がした。

はっとなって顔を上げると、もうセッターがトスの体勢に入っている。

「くっ」

ギリギリのタイミングだったが、美織はネットの前で跳躍の体勢に入る。

シューズを履いた脚が床を蹴り、見事な巨尻がキュッとなって太腿が躍動する。

「おおっ」

男子選手の中に入ると小さく見える百七十五センチの、裸に黒パンティだけの身体が驚くほどの勢いで宙に舞う。

紐が食い込んだ白い尻たぶとHカップの柔乳を波打たせながら、ボールが強い勢いで打ち放たれた。

「ふおっ」

敵側のコートにいる選手たちは、美織の見事なスパイクに見とれたのか、それともいびつに形を変える乳房に魅入られたのか、ボールは見事にコートに叩きつけられた。

「ナイスっす、コーチ」

こちら側のコートにいた茶髪が軽い調子でハイタッチを求めてくる。

美織がそれに応えると他の選手たちも次々に集まってくる。その目線はすべて腕を上げただけで大きく弾む美織の巨乳に注がれていた。

「あ、いやっ」

やはりボールに集中すると他のことは気にならなくなってしまうのか、美織はあらためて自分がとんでもない姿でコートにいることに気がついて恥ずかしくなった。

「あんな感じでやってみて……」

慌てて乳房を腕で覆い、美織はすごすごと背中を丸めてコートを出ていく。

自分が青春をかけたバレーボールを汚してしまったような気がして、悲しかった。

「ふふ、どうしたの美織、全身が真っ赤よ。興奮してたのね、あの子たちに見られて」

体育館の壁際に戻ってきた美織の耳元で、真里が囁いてきた。

「そんな、違います」

大きな瞳を見開いて、美織は反射的に言った。

ただ美織の肉体がずっと熱く燃えているのは確かで、とくに秘裂の奥がかなり熱い。

隠しておきたい昂りを指摘されて、美織はなぜわかるのかと狼狽していた。

「嘘おっしゃい。構えたときに突き出したお尻がずっとくねっていたわよ」

真里は美織の身体のことなどすべてお見通しだとばかりに、股間に食い込んでいる黒パンティの腰紐に手をかけてきた。

「そんな違います、あっ、いやっ」

見本を見せるだけとはいえ、プレー中に欲情していたと指摘されて、美織は慌てて首を振る。

そんな美織のムチムチの太腿を黒パンティがするりと滑り落ちていった。

「これはなにかしらね、うふふ」

強引に美織の足先から抜き取ったパンティをわざと真里は開いて見せた。

黒い布のちょうど股間にあたる部分に、ねっとりとした液体が大量に付着し、ヌラヌラと淫靡な輝きを放っていた。

「そ、それは……」

美織は言葉が出てこずに顔を横に背けるのみだった。明らかに汗とは違う粘液が溢れている理由は、女なら誰でもわかるからだ。

「見られて感じていたと認められないのね。じゃあ、わかるまで繰り返してもらうわ」

「えっ」

急に厳しい目になった名コーチに驚いていると、真里は美織の腕を掴んで、コートのほうを向いた。

「さっきのプレーをもう二十本、連続で」

真里は大声でそう言うと、美織の背中を強く突き飛ばした。

「きゃっ」

美織はフラフラとネット前に押し出される。急にパンティを脱がされたバレー界のヒロインに選手たちもなにごとかと見とれていて、その真ん中に美織が立つ。

「コーチの指示どおりにしろ。始めるぞ」

コートの反対側に立つ健吾が笛を吹いた。

選手たちはおのおののポジションに散らばり、ボールを待つ構えを取った。

「ああ……」

こうなれば美織もやらないわけにはいかない。真里の性格からしてできませんと言っても許してくれないのはわかっているからだ。

(我慢して少しでも早く……)

モジモジしてプレーを止めてしまえば、それだけ羞恥の時間が長くなる。

(どうせ、奥の奥まで見られたんじゃない……)

この前、両脚をほぼ一直線に開かれて、ピンクの媚肉やアナルまで晒した。

いまさらなにを恥じらうことがあるのかと、美織は開き直って身体を屈めた。

「おっ、お尻の穴まで丸見えだ。ちょっと開いてるぞ」

美織の巨尻が突き出されるのと同時に、ぱっくりと股間が開き、ピンクの肉唇の奥やセピアのアナルまで丸出しになる。

そこに冷たい空気を感じるのと同時に、茶髪が軽い調子で笑った。

「いやっ、プ、プレーに集中しなさい」

美織は思わず背中を起こして、手のひらでお尻を守りながら文句を言った。

すると今度は揺れる巨乳や漆黒の陰毛に覆われた股間がネットの向こうにいる選手たちに見せつけられ、彼らが息を飲む。

「ああ……いや……」

それが恥ずかしくて美織は背中を丸くした。どうせと開き直ったつもりだったが、少し暗めの用具倉庫と、明々とライトに照らされたコートでは恥ずかしさに差がある。

(こんな姿を晒すなんて……)

美織にとってコートは神聖な場所だ。そこで膝サポーターとソックス、シューズ以外はなにも身につけず、女の秘密の場所まで晒している。

自らすべてを汚していくような気がしてつらくてたまらない。

(なのに……)

なぜか心臓の鼓動が早くなり、身体の熱さや秘裂の疼きに苛《さいな》まれる。

心と正反対の反応を見せる肉体に美織はもう泣きだしそうな思いだった。

「お前がちゃんと集中しろ、美織」

肉体の戸惑いに昂りモジモジと腰をくねらせる美織を健吾が叱咤した。

「は、はい、すいません」

久しぶりの監督の大声に美織は反射的に反応し、構えを取った。

もう向こうのコートではサーバーの選手が構えている。あとは健吾が笛を吹いたらプレーが始まる。

(どうして……)

ボールに集中したら少しでもこの恥ずかしさを忘れられそうなのに、健吾はなかなか笛を吹かない。

結果、美織は後ろには巨尻と股間を、ネットの向こうの男たちには前屈みの上体の前でフルフルと揺れる巨乳と漆黒の陰毛を晒しつづけることになるのだ。

「あれっ、なんか濡れてねえか」

いつまでも笛が鳴らず、シーンとなっている体育館にぼそりと呟く声が聞こえた。

「ほんとだ、マ×コの中は糸引いてるよ」

それにつられてその横に立つ選手も言った。

美織の媚肉がいまどうなっているのか、自分で見ることはできないが、溶けるかと思うくらいに熱いのは確かだ。

「お願い、プレーに集中して」

彼の言葉の一つ一つが心に突き刺さる、美織はもうたまらずに後ろを向いて言った。

その瞬間に健吾の笛が鳴った。

「はっ」

すぐにサーブが飛び込んできて、それをこちら側の選手が拾う。

そこからセッターのトスが上がるまで、あっという間だった。

「あっ、きゃっ」

慌てて美織はジャンプしようとするが、なぜか膝や腰がジーンと痺れてしまって力が入らない。

それでも踏みきるが、ネットに揺れる巨乳が触れてしまう。

「ああぁっ、いやあっ」

ちょうど乳首がネットに擦れ、強烈な痺れが背中に突き抜ける。

明らかな快感であるそれに、唇から甘い声が漏れ、腰砕けになった美織は着地もうまくいかずに脚を滑らせた。

「きゃあっ」

現役時代は出したこともないような甲高い悲鳴と共に、美織はコートにどしんと尻もちをついた。

腰のあたりをしたたかに打ちつけ、仰向けのまますぐには起きあがれない。

「おおっ」

膝サポーターとシューズだけの身体が体育館の床に転がり、長く肉感的な両脚も大きく開いている。

女のすべてを晒して苦悶する美織を選手たちは心配もせず、歓声をあげて覗き込んできた。

「いっ、いやああ、見ないで」

ほんとうにいまさらだと思うが、美織は恥ずかしくてたまらずに股間を両手で覆い隠した。

練習中だということと、身につけている膝サポーターやシューズというバレー専用の用具が自分の羞恥心を加速させている気がした。

「しっかりせんか、美織。コートでオマ×コ見せて喜んでる姿を康介が見たら泣くぞ」

なにもかも丸出しのポーズですべてを晒した美織に、健吾がにやつきながら大声を浴びせてきた。

「そ、そんな喜んでなんか、いません」

股間を隠したまま美織はすばやく立ちあがる。乳房を隠す余裕はなくピンク色の乳首が大きく上下に弾んでネットの向こうの選手を引きつけていた。

「おお、それはすまんな、俺の勘違いだ。さあ、構えろ。次行くぞ」

あまり美織をいたぶるようなことはせずあっさりと謝った健吾は、意味ありげな笑みを浮かべたまま笛を口にした。

気っぷのいい性格で知られる健吾だが、美織に対してはネチネチとした感じで絡んでくる。

(ひどい……私を嬲りものにして楽しんでいるんだわ……)

縛られて吊されバイブでイカされたあの日以来、健吾は美織の身体にはいっさい触れず、あくまで選手たちの褒美として扱っているように思う。

まさに物のように愛弟子を利用する健吾に腹立たしささえ感じていた。

『それがまたお前のマゾの性癖を刺激するんだろう』

コートに横に立って笛を咥えたまま、なかなか吹かない健吾の声が頭に中に響いた気がした。

（違う……私はそんな女じゃない……）

自分は愛する夫のために耐えているのだと、美織はその声を振りきるようにボールに集中し、早く笛を鳴らしてくれと心の中で願った。

「違うなんて言ってるけどよ、けっこう濡れてないか、コーチのオマ×コ」

集中力が上がると自分が裸同然であることを忘れてしまい、自然と前屈みになってお尻を突き出すポーズになっていた。

がに股気味に身体を沈めているので、豊かな桃尻が真ん中から割れ、女の肉が覗いている。

それを真後ろから見ている茶髪がぼそりと呟き、隣の選手がプッと笑った。

「こ、こら、練習中でしょ」

慌てて身体を起こして美織は、もう何度繰り返したかわからない文句を言った。

そのタイミングでまた笛が鳴った。

「ひ、ひどい、あっ」

明らかに美織の気持ちが揺らいだ瞬間を狙ってサーブが飛んできた。

しかもサーバーも打ち損なったようで、美織の右側にあるコートのライン付近に飛んでいる。

「あっ」

元選手の本能で反応した美織はダイブしてボールを追う。スパイクの見本を見せる練習だからそのまま見逃してもかまわないのに。

「きゃっ」

ボールはなんとか拾えたが、そのあとは誰も反応しない。

全員の目が体育館の床に腹ばいの美織の股間に集中していた。

「ああっ、やっ」

ムチムチの太腿の裏側と大きく盛りあがる二つの尻たぶ。その真ん中にはセピア色をしたアナルまで覗いている。

ここでも美織は激しい羞恥に襲われ、慌てて両脚を閉じた。

「あっ、くううう」

そのとき美織はピンクの秘裂に電気が走るのを感じた。奥の媚肉がビクビクと脈打っている感覚がある。

(なんで……触れられてもいないのに……)

それは明らかな快感であり、ただ彼らの視線を身体に浴びているだけなのに、肉体が淫らな反応を示しているのだ。

（これじゃまるで露出狂……）

恥ずかしい姿を見られることを喜ぶ変態的な嗜好が目覚めているというのか。

しかもなんだか、コートで視線を浴びることにさらに興奮している気がする。

（現役のときにこんな気持ちになっていたら……）

もしかすると自分は現役時代からどこかで、男たちの欲望の眼差しをユニホームに浮かんだバストやヒップに受けることを望んでいたのかもしれない。

そんな思いに囚われると、美織は頭がぼんやりしてくるのだ。

「どうした、美織。次行くぞ」

フラフラと立ちあがった美織はもうどこか虚ろになっている。

とてもバレーに集中する気持ちにはなれないが、無意識の動きでジャンプしスパイクを決めた。

「おおっ」

長身の白い肢体が宙を舞い、背中が弓なりになったあと、ボールが打ち出される。

大きく膨らんだお尻がキュッとなり、着地と同時にHカップがブルブルと弾み、選手たちももうボールどころではない。

「はい、次」

健吾がまた笛を鳴らすとサーブが飛んできてトスが上がる。

（ああ……熱い……身体が溶けそう……）

反応する身体と蕩けていく頭。美織は露出快感に溺れながら、ネットの前で飛びつづけるのだった。


「ごめんなさい康介さん、外泊なんて」

今日は監督をしているチームの試合も練習もないので自宅で寛いでる夫に、美織は頭を下げた。

「なに言ってんだよ、せっかくの一部リーグ昇格の祝賀会だろ。まあ、あいつらも美織の手料理でお祝いしてほしいなんて、でかい図体してお子様だよな」

一部の最下位大学との入れ替え戦に望んだN大は、なんとストレート勝ちを決めた。美織と真里が臨時コーチとして就任してすぐのこの結果に付き合いのあるバレー関係者たちからは賞賛の嵐だった。

もちろん夫の康介も喜んでくれたが、美織の心は沈むばかりだ。

（いよいよ……康介さん以外の男と……ごめんなさい……）

約束どおり、今夜、美織は選手たちの寮に一晩宿泊することになっている。バレー部専用の寮で真里と共に手料理を振る舞ってみんなをもてなすという建前だ。

だが実際は、いよいよ選手たちの肉棒を夫以外に許したことがない場所に受け入れるのだ。

（ごめんなさい、康介さん。私は最低の妻……そしてコーチです）

夫以外の肉棒を受け入れることの申しわけなさと同時に、指導者として身体を使って選手を鼓舞するなどあきれた行為だと思う。

（でも約束を破るわけには……）

昇格が決まったあと、選手たちはさらにギラついた目で美織を見つめるようになっていた。

もし約束を反故《ほご》にして逃げ出したりしたら、康介のところまで追いかけてきそうだ。

「じゃあ、行ってきます」

玄関先まで見送りに来てくれた康介になんとか笑顔で応えて、美織は自宅を出て歩きだした。

「ほんとうに生け贄になるのね……私……」

遠い記憶の中にあった生け贄の少女の姿。いよいよ美織は二十数人の選手に捧げられてしまうのだと身震いした。

「あっ、いやっ、あああ」

今日もミニスカートの着用を命じられている美織は、歩きながら剝き出しの生脚をくねらせた。

もういまから全身が熱く、肌がピンクに染まって汗ばんでいる。

(今日だけ……約束を守るため、あなたを守るため、美織は最低の女になります)

彼らに身を任せることは康介の夢を叶えるためだと美織は言い訳する。

だが何度も身体に擦りつけられ、唇まで奪われた巨根たちに囲まれるのだと想像すると、頭まで痺れてきて視界が霞む。

(ああ……私……きっとおかしくなってしまうわ……許して、康介さん)

もう自分が感じない、快感にも耐えられるなどという考えは、美織の中には微塵もない。

どんどん身体も熱くなり、足取りもふらついてくる。全身から牝の色香をまき散らすミニスカートの女を立ち止まって見る通行人の男もいるが、美織はもう意識することなく、唇を半開きにしたまま歩みつづけるのだった。

「準備はいいか、美織」

バレー部の寮は三階建てで、あまり新しくはないが大浴場もあって立派な造りをしている。

毎年のようにリーグ優勝を争っていた黄金時代の名残《なごり》で、いまは選手も少ないから一人一部屋にしてもけっこう空き部屋がある。

その一つのドアを開けると、備え付けのベッドの端に美織が全裸で座っていた。

「は……はい……」

一糸まとわぬ長身の身体を少し丸めるようにして、美織は頬を赤くして視線を外した。

(かなり恥を晒したのにまだ羞恥心が強いんだな。まあ、それがまたいいんだが)

何度も女を調教して堕としてきた経験のある健吾は、大勢の選手たちの前で潮吹き姿まで見せつけながらも、いまだ強い恥じらいを残していることに感心していた。

夫、康介への気持ちもあるのかもしれないが、やはり一流のアスリートだけあって、心の芯のようなものが強いのだろう。

(だがそれもかなり崩壊してきているようだが)

愛弟子を色地獄に堕としていくことへの抵抗感があるにはある。

だが目の前にあるHカップの巨乳やこんもりと乳輪が膨らんだ乳首、そして漆黒の陰毛とこれでもかと実ったヒップ。

見事なまでの美しい肉体を見ていると健吾もまたおかしくなってくるのだ。美織とセックスをしたいという欲望ではない。この美しく淫靡な牝をどこまでも色地獄に堕としたいという歪んだ願望に燃えるのだ。

「どうした……震えているのか、美織」

よく見ると美織の張りのある肌をした少し太めの太腿が小刻みに震えてた。

「ああ……だって……怖いのです」

フルフルと巨大な柔乳を揺らしながら、美織は顔を悲しげに目を伏せた。

美織が夫しか知らない女だというのは康介から聞いて知っている。ならば当然、他人の怒張を受け入れることはつらいはずだ。

(だが俺には期待に震えているようにも見えるがな……)

ベッドの縁に腰掛けて膝を震わせてはいるのだが、美織の白い肌はうっすらと上気し、薄桃色の乳頭部も硬く尖っている。

そしてなにより、いまは隠れている股間のあたりから、奮い立つような淫靡な牝の香りが立ちのぼっているのだ。

(ふふ、狂いだしたら止まらない、そういうところも最高だぞ、美織)

これは健吾も予想外な部分だったが、美織は一度欲望に溺れだすと、ブレーキが壊れたかのように男の言いなりになって暴走しはじめる。

現役時代は清楚そのもので、男の噂すら聞いたことがなかったバレー界のヒロインにそんな本性が眠っていたのは、嬉しい誤算だった。

「さあ、立て美織。みんなチ×ポを勃起させて待っているぞ」

選手たちは寮で一番広い部屋である食堂を片付け、一面に敷き布団を敷いていまかいまかとこのグラマラスな肉体を待ちわびているはずだ。

そこに身体一つで飛び込んでいかねばならない美織の不安を煽るようなことをわざと健吾は言ってみる。

「そんなこと言わないでください……怖いんです」

声を震わせながらも美織はゆっくりと立ちあがった。

こちらに身体が向けられ巨乳が揺れ、濃いめの陰毛が正対した。

(奮い立つような色香だな……)

ついこの間までまったく感じなかった、まさに淫気と言っていい女の色香。

それが自分の調教によってどんどん目覚めっているのだと思うと、健吾は背中がゾクゾクと震えだす。

（お前はまさに男を狂わせる極上の牝だ……）

いまはその言葉を美織には言わない。言っても本人が受け入れることはないだろうからだ。

だがいつか必ず、心の底から、そして彼女自身から自分はマゾ牝だと言わせてみせると興奮しながら、健吾は背後に隠していたロープの束を取り出した。

「きゃっ、いやっ」

どす黒い縄の束を見た瞬間、美織は小さな悲鳴をあげてあとずさりした。

「今日はあいつらにすべてを委ねるという意思表示にいいんじゃないかと思ってな。まあ、嫌なら無理やりにはしないが」

ロープを使ってなにをされるのか美織がすぐに察したことに、彼女の淫女としての成長を見た健吾はあえて判断を委ねた。

「ああ……そんな……」

素っ裸の白い身体を両腕で自ら抱《かか》えるようにして瞳を潤ませる美織だったが、やがてその腕を自ら背中に回していった。

（いいぞ。どんどん堕ちていけ、美織）

どこまでも嗜虐心を煽ってくる元愛弟子に、健吾は舌なめずりしながら縄をかけていく。

もう康介の欲望に協力しているという思いは消え、いつしか健吾も最高の肉体を開花させていく美女に夢中になった。

「あっ、はああん、あっ、いっ、いやっ」

両腕を背中で束ね、巨乳を絞り出すように胸に縄を回して締めあげると、美織が切ない声を出した。

それは明らかに快感の吐息で、美織も気がついて恥ずかしそうに顔を伏せた。

「さあ、行くぞ、美織」

ただそれに気がついてはいるがあえて触れずに後ろ手縛りになった白い背中を軽く押した。

「ああ……はい……」

もうマゾの性感に囚われているのか、美織は瞳を少し虚ろにしたまま、フラフラとした足取りで進んでいく。

ふるいつきたくなるような巨尻をくねらせ、廊下をフラフラと進んでいく美織の後ろで、健吾はニヤリと笑うのだった。

「おっ、来た」

テーブルやイスなどがすべて隅に追いやられ、広い床に布団が敷き詰められた食堂に入ると、選手たちが沸き立った。

「ああ……」

全員がすでにパンツ一枚で、その中の肉棒を勃起させていて、野獣のような目で美織のHカップのバストや肉感的な腰回りを見つめてきた。

(私は生け贄《にえ》……)

きつく肌に食い込み、乳房を歪める縄の感触が、もう逃げることも拒絶することもできないのだと自分に告げている気がする。

恐ろしさに膝が震えだすのだが、同時に胸の奥が締めつけられるのだ。

「ほら、真ん中にいきなさい、美織。お待ちかねなんだから……」

先に食堂に来ていた真里が美織の縄尻を持って敷き布団の海の真ん中に引き立てていく。

絞り出された乳房を揺らして歩み出た美女を、二十数人の屈強な身体の選手たちが取り囲んだ。

「ふふ、コーチもう俺らのチ×ポに期待して興奮してるみたいですね」

美織の身体から欲情した牝の香りがしているのだろう、茶髪がニヤニヤと笑いながら間合いを詰めてきた。

美織は反射的に否定することができず、無言で彼と見つめ合ってしまう。

「まずはそれを確認させてもらいますよ。おい、後ろを持て」

いきなり美織を押し倒すようなことはせず、数人の選手が美織の肩を後ろから摑んできた。

茶髪は驚いて振り返る美織の左の足首を摑むと、思いっきり上に持ちあげた。

「きゃあああああ」

体操選手がY字バランスを決めたような、柔軟な開脚を美織は見せる。

当然だがなにも穿いていない股間が開ききり、ピンクの媚肉やセピアのアナルが全開になった。

「おおっ、もうぐっしょりじゃないですか」

豪快に開かれた美織の股間を覗き込んで、茶髪が歓声をあげ、全員の目が集中した。

「ああっ、見ないでえ、あああ」

濡れているという言葉を否定もできずに美織はただ羞恥に、両肩を二人がかりで支えられている縛られた上体をくねらせるばかりだ。

実際にピンクの花弁はもうぱっくりと口を開いていて、膣口の奥にある肉厚の媚肉に愛液が絡みついて糸を引いている有様だった。

「これ、もうすぐに入るんじゃねえの。一番手誰だっけ、じゃんけんで勝ったやつ」

あらかじめ童貞の選手の中からじゃんけんで勝った順に美織に挿入することになると聞かされていた。

茶髪やキャプテンは違うので資格がない。手を挙げて僕ですと言ったのは一年生の選手だった。

「おっ、お前だと身長がちょうどいいんじゃね。このまま入れてみろよ」

一番の選手はリベロという相手のサーブを受けるのが専門のポジションだ。高さよりもスピード重視なポジションなので、身長も美織とそう変わらない。

パンツを脱いで勃起した逸物を見せつけながら彼が、片脚を掲げた美織の前にくると、ちょうど性器同士の高さが同じくらいだった。

(ああ……あんな大きいので……)

ただ背が低いと言っても、逸物の大きさは他の選手とそう変わらない。

もちろんだが夫のモノとあまりに違う肉棒が自分の中の入ってくるのだと思うと、美織は背筋がぞくりとした。

（ああ……熱い……）

ただその震えは恐怖ではなく、媚肉を引き裂かれることを期待した肉体の反応のような気がした。

「おいこら、コンドーム着けろよ」

エラの張り出した亀頭をそのまま美織のピンクの花弁に押し込もうとしている一年生にキャプテンが注意した。

これは美織が前もって避妊だけはしてくれと願い出ていたものだ。

そのことを忘れ、赤黒い亀頭に魅入られていた自分が美織は嫌になった。

「では、いきます」

手渡されたコンドームを慣れない手つきで装着した一年生は、三人の男に縛られた肉体を支えられている美織の前にたった。

そしてゴムが鈍く光る怒張を鼻息を荒くしたまま押し出してきた。

（ああ……ついに……ごめんなさい、康介さん）

夫のためにしていることとはいえ、他の男の肉棒を膣口に感じると美織は申しわけなさに泣きたくなってくる。

だが美織のそんな気持ちなどわからない一年生は躊躇《ためら》わずに怒張を侵入させてきた。

「あっ、あっ、だめっ、ああっ、あああああ」

悲しみに涙ぐんでいた美織の身体を強烈な快感が突き抜けていった。

いままでに体感したことがないくらいに膣道が押し開かれ、硬く張り出した亀頭のエラが媚肉を抉ってくる。

「な、なにこれ、あっ、あああん、あああぁ」

美織は目を白黒させながら、縛られた上半身をのけぞらせて喘いでいる。

少し離れた場所で、あまりに強い快感に狼狽える愛弟子を、健吾と真里の夫婦が淫靡な笑みで見つめているが、視界にすら入らない。

「ううっ、美織コーチの中、すごく熱いです。もっと奥に」

こちらも初めての女肉の甘美さに酔いしれながら、一年生が大きく腰を突き出す。

亀頭が一気に濡れた粘膜を引き裂き、最奥にまで達した。

「あっ、はあああん、奥だめっ、ああっ、ああああん」

もう美織は唇を割り開いたまま、片脚立ちの白い身体をずっと引き攣らせている。

(こ……こんなに奥まで、それに大きい……ああ……)

夫とはあまりに違う巨大な男根。わかってはいてもその大きさに美織は驚いていた。

そしてずっと塞ぎたかった部分が満たされ尽くしているようなそんな感覚に陥る。

(硬い……熱い……ああ……すごい……)

夫への申しわけなさなど一瞬で頭から飛んでしまった。そのくらい美織のグラマラスな身体は歓喜に震えていた。

「ああ、コーチ。たまりません」

茶髪に変わって美織の掲げられた脚を抱えた一年生は、こもった声をあげながら腰を大きく振りだした。

硬化した怒張が容赦のないピストンを始め、これでもかと開ききった股間に男の腰が叩きつけられた。

「あっ、ああっ、ちょっと待って、あああっ、ああん、あああっ」

いきなりの激しい打ちつけに美織は狼狽するが、肉体は見事に反応し開ききった唇から喘ぎ声が漏れつづける。

もう身体中が痺れ堕ちていく感じで、呼吸もつらいくらいの快感が押し寄せてきていた。

「あああっ、はあああん、ああっ、こんなの、あああん、だめえ、あああ」

ロープによって絞り出された巨乳が激しくバウンドし、尖りきったピンクの乳首が舞い踊る。

人前なのに、牝の本性を全開にしようとしている自分を止めようと思うが、意志の力ではどうにもならず、ひたすらによがり泣くばかりだ。

(ああ……だめ……もうすぐ)

野太い怒張が膣奥に食い込むたびに、甘く激しい痺れが頭まで突き抜けていく。

片脚吊りで健吾にバイブ責めされたときと同じような感覚に美織は囚われる。

(あああ……でも本物の熱さ……すごい……)

ただ快感の強さはあのバイブよりもかなり強い。

男根のすごさを美織は体感し、天井に向かって掲げた長い脚をクネクネと揺らしていた。

「うう、コーチもうだめです、うっ、くううう」

美織がもう限界を迎えようとしたとき、先に一年生が腰を震わせて肉棒を最奥に押し込んできた。

肉棒が膣内でさらに膨張し、激しい脈を打った。

「あっ、だめ、あっ、ああ……」

コンドームを着けているとはいえ、射精の生々しい感覚が膣肉に伝わってくる。

ただ美織は絶頂寸前で引き戻され、心がたまらないくらいの焦燥感に囚われていた。

(もう少し……だった……)

いけないと思いつつも、美織の中にある牝の本能がもっと肉棒を感じていたいと燃えさかっていた。

「お前、早すぎ。次は誰だ」

初体験の興奮にわずかな時間で射精した後輩を、茶髪が笑っている。

呼ばれて次に前に出たのは二年生の選手だった。

「お前はもう少しがんばれよ」

「大丈夫です。早漏にならないように二発自分で抜いてきましたから」

すでにコンドームも装着している二年生は、茶髪に向かって握りこぶしを作って笑った。

「そうか、お前はどんな体位でやりたいんだ」

気合いの入った後輩に茶髪が苦笑いしながら聞いた。

「バックがいいです」

「よし、じゃあ、お前ら体勢を変えるぞ。美織コーチが苦しいから上半身は支えてやれ」

茶髪が命じると美織の後ろにいる二人が動きだす。

「ああ……」

膝の裏を押されて脚を曲げさせられ、美織は犬のポーズを布団の上で取らされた。後ろ手縛りにされている上半身は二人に支えられ、縄にくびれた巨乳が空中に浮かんでフルフルと揺れていた。

（ああ……今度はもっと長く……）

大きく盛りあがるお尻を突き出し、先ほどまでの愛液にまみれた媚肉を無防備に後ろに突き出している。

まさに処刑を待つ女囚のようなポーズをとらされているというのに、美織の心にはもう恐怖も拒絶の意志も湧いてこなかった。

「い、入れます」

二年生は緊張気味にコンドームに鈍く光る怒張をゆっくりと美織の中に押し込んできた。

「あっ、ああああっ、大きい、ああっ、あああん」

こちらも百九十センチ近い体格に合わせるように肉棒も大きく、拳大の亀頭が骨盤ごと拡張していくような感覚に美織は襲われる。

ただ苦痛はなく、甘くそして激しい快感が全身を痺れさせるのみだ。

「うっ、美織コーチの中、すごい締まりっす」

突き出された巨尻を鷲づかみにし、一気に肉棒を最奥にまで挿入した二年生は本能の赴《おもむ》くがままに腰を前後に使いはじめた。

亀頭から張り出したエラが膣肉を引っ掻き、先端が子宮口を押しあげる。

「あっ、あああっ、だめっ、あっ、あああん、あああっ」

両膝を敷き布団について、縛られた上体を支えられた体勢の身体が、一瞬で熱く痺れきっていく。

縄に絞り出されたHカップのバストも大きく弾み、濃いめの黒毛に覆われた股間からは愛液が滴り落ちる。

「あっ、ああああっ、奥ばっかり、ああっ、だめええ」

ショートボブの頭を起こしたり落としたりを繰り返しながら、美織は唇を閉じることもできずに喘ぎつづける。

もう目線も定まらず、大きな瞳はとろんと目尻を下げて宙をさまよっていた。

「そんなこと言われても、うう、気持ちよすぎて止まりません、ううう」

二発抜いてきたと豪語してきたわりには、二年生はもう顔を歪めている。

腰の動きがいっそう激しくなり、彼の股間と美織の豊満な尻たぶがぶつかって乾いた音を立てていた。

「ああっ、ああああっ、すごい、あああっ、私、あああん、あああ」

力任せなピストンにも美織の肉体は苦痛など感じず、ただひたすらに快感を貪《むさぼ》る。

縛られた上体も汗が浮かび、巨乳がまるで別の意志でも持ったかのように躍り狂っていた。

「ああっ、もうだめ、ああっ、あああっ、イッちゃう、あああっ」

そして限界を自覚した美織は、無我夢中で絶頂を口にしてよがり狂う。

全身が一気に痺れ、子宮のあたりから熱い快感が押し寄せてきた。

「ああっ、イク、イクうううううう」

肩を掴んでいる二人の手を振りきるように、ロープの食い込んだ肉体がエビ反りになって、柔乳が弾けた。

割れた唇の間から白い歯を覗かせながら、美織は激しいエクスタシーに呑み込まれていった。

「はああん、あああっ、あああああ」

強い発作が断続的に襲いかかり、美織はそのたびに突き出した尻を震わせて頭を激しく横に振って叫んだ。

もう脳まで痺れている感じで、身体に中にあるのは牝の本能だけだった。

「俺もイキます、くうう、うう」

ほとんど同時に二年生も腰を震わせ、コンドームの中で怒張を暴発させた。

ただ美織はもう肉棒の脈動すら心地よく、虚ろな瞳を潤ませたまま極上の快感に酔いしれていた。

「よし、代われ」

射精の余韻に浸っている二年生を突き飛ばし、鼻息を荒くした三年生がコンドームを装着した。

「おっ、童貞坊主」

「うるせえ」

この三年生はいつも丸坊主にしているので、同級生の茶髪がそう言ってからかっている。

「加藤美織を相手に初体験なんだ。一生の記念だぜ」

日本バレー界最高のアイドルと言われていた頃の名字で美織を呼びながら、丸坊主はまだ息を荒くしている美織の身体を抱えてきた。

「ちょっと待って、ああ、少し休ませ、ああ」

こちらも百八十五センチ以上ある丸坊主は、バリバリのレギュラーで筋肉の盛りあがりもチーム一番だ。

そのパワーで美織の長身の身体を軽々と持ちあげた丸坊主は、自分は布団に座り、白く肉感的な美女コーチのヒップを膝の上に乗せようとする。

「お願い、あっ、だめっ、あっ、はうっ、ああっ」

そしてそのまま、すでに猛りきっている怒張に美織の下半身を下ろしていく。

向かい合うかたちで彼に跨がらされた美織は、膣口を引き裂いてくる太い亀頭に喘いだ。

「あうっ、はあああん、ああああっ、いやあ、あああん」

まだ絶頂の余韻が残っている媚肉をグイグイと硬い逸物が押し拡げてくる。

彼はすぐに腕の力を抜き、美織のヒップがすとんと下に落ちた。

「はうっ、はあああああん、あああああっ」

これ以上突かれたら死んでしまうのではないかと思っていた美織だったが、自分の体重を乗せて膣奥に亀頭が強く食い込むと、縛られた身体をのけぞらせて絶叫した。

(どうして……)

イッたあとに間髪入れずに責められているというのに、身体にあるのは激しい快感のみだ。

どこまで自分の身体は淫らなのか、美織は悲しくてたまらなかった。

「このおっぱいが揺れるところが最高だよ」

興奮に目をギラつかせ、丸坊主は下から激しく怒張を突きあげてきた。

彼の膝の上で長身の白い身体が大きく弾み、張りの強いHカップの二つの柔乳が、別々の意志でも持ったかのように、自由に躍り狂っていた。

「あああっ、だめっ、はあああん、ああああっ」

美織のほうは乳房を気にしている余裕などない、正対する丸坊主の腕で支えられた腰を大きくのけぞらせ、唇を割り開いてよがり狂っている。

快感はあまりに凄まじく、いまにも意識が飛びそうだ。

「あっ、あああっ、死んじゃう、ああっ、あああ」

全身が痺れて手脚の感覚も怪しいのに、膣の奥だけは異様に敏感だ。

鉄のように固いエラが膣奥を抉るたびに強烈な快感が突き抜けていき、子宮が震える感じがした。

(す、すごい、これがセックス……)

虚ろになっていく意識の中で、美織は今日自分はほんとうの意味で肉棒の快感を知ったのだと自覚していた。

夫だけの生活を送っていたら絶対に知りえることがなかった、甘美で、全身が満たされるような満足感。

（ごめんなさい、康介さん……ああ……私もうなにも考えられない……）

夫に詫びながらも、押し寄せる快感の波に、美織の思考までも痺れさせていった。

「あああっ、イク、イクイク、美織、イッちゃう、あああ」

無意識に自分のことを下の名前で呼びながら、美織は丸坊主の膝の上の身体をのけぞらせ、二度目の極みにのぼりつめて叫んだ。

「あああっ、はああん、あああああああ」

開ききった唇の奥にピンクの舌を覗かせながら、美織はいつしか長い両脚を丸坊主の腰に巻きつけ自ら股間を突き出すのだった。

「あっ、ああ……いやっ、はああん、ああっ」

童貞チームの初体験が終わると、今度は他の選手たちとの時間が始まる。

経験者たちは焦って突きまくるようなことはなく、美織の媚肉をじっくりと自らの肉棒で堪能している。

「あっ、はああん、急に、ああっ、強くしないで、あっ、ああっ」

もう十五人には抱かれているだろうか。いまはロープも解かれ手脚が自由になった美織が選手の上に騎乗位で跨がって喘いでいる。

ムチムチのヒップを上下に動かして肉棒を貪るかたちなのだが、ときおり、下の選手が自ら腰を突きあげると美織は背中をのけぞらせて甘い声をあげた。

（ふふ……体力があるぶん、気絶することもできないか……くく）

一人が射精する間に、美織は何度かエクスタシーにのぼりつめる。普通の女ならばクタクタになって失神していてもおかしくないが、さすがは元一流選手だ。

監督の健吾は広い食堂の壁にもたれて、いまだ乳首を尖らせた巨乳を弾ませて喘ぎつづける汗まみれの元弟子を見つめていた。

「ああああっ、ああっ、またイク、ああっ、はああん」

横で見ている健吾も何度目かわからない絶頂にのぼりつめて、美織は男の上で身体を震わせる。

もう目は虚ろで全身に力が入らないのか、両腕がだらりと垂れていた。

（なのに悲壮感がまるでない……たいした淫婦だよ、お前は）

普通ならここまで繰り返し犯されれば、男たちにもさすがに可哀想だという感情が芽生えてきて、場のテンションが下がったりしそうなものだが、そうではない。

美織の全身から牝の色香というか、ピンク色に上気した大きなヒップやHカップの巨乳から、獣じみた淫気が漂っていた。

(そろそろ……いいぞ……)

いつしか貪るように腰を使いだした美織を選手たちが取り囲んでいる。

健吾はその中にいる茶髪に目で合図をした。事前に彼にはあることを命じてあった。

茶髪はすぐに気がついて、健吾に向かって一度だけ頷《うなず》いた。

(さあ、どうなるか……美織)

艶めかしい声を響かせて巨乳を揺らす愛弟子を見つめながら、健吾は期待に心を躍らせるのだった。

「さあ、美織コーチ、お待たせしました。次は俺です」

コンドームの中で肉棒が弾ける感触にようやくほっと息を吐いた美織は、崩れ落ちるように敷き布団にそのグラマスな長身の肉体を横たえていた。

そこに茶髪が現れて、引き締まっている美織の足首を摑んできた。

「ああ……いやっ、お願い。少し休ませて」

もう身体も心もクタクタだ。喘ぎすぎてしまったのか声も少し枯れているような状態の美織はなよなよと首を振って力なく訴えた。

「なに言ってるんですか、こっちはずっと焦らされてもうチ×ポが破裂しそうなんですよ」

茶髪は股間に反り返る逸物を見せつけるように突き出しながら、美織の身体を強引に仰向けにしてきた。

「ああ……いやっ……」

また硬い怒張で貫かれて絶頂に追いあげられる。そう思うと美織はさらに身体から力が抜けていく。

ただそれは恐怖や、逆らう気力をなくした諦めからによるものではなく、膣の奥がズキズキと疼いて手脚にまで広がった痺れに、すべてを奪われているのだ。

(なんて浅ましい)

肉棒のサイズだけでなく、行為の時間も選手たちよりも短かった夫とのセックス。それでも美織は充分に満足していたはずなのに、身体が一気に目覚めるように濃厚で激しい行為を求めていた。

「ふふ、やればやるほどエロくなっていってますね」

茶髪は美織の両足首を持って左右に割り開いてきた。

仰向けの上体のうえであまり横に流れていない巨乳が揺れ、開かれた両太腿の付け根でぱっくりと口を開いたまま媚肉が小刻みにうごめいた。

「いやっ、そんなこと……ああ……」

おさまることを知らない肉体の昂りが外から見てもわかるのか、美織の劣情を察したような茶髪の言葉が胸に突き刺さる。

（ああ……きっと私、とんでもない姿を……）

茶髪は選手たちの中で一番、こういう行為に長《た》けているように美織は思っていた。もうボロボロの状態でさらにイカされまくるのだと覚悟すると、乳首にむず痒さを感じ、媚肉が脈動しはじめるのが自分でもわかる。

（私はどうしようもない……淫婦……）

きっとこれからとんでもない乱れた姿を大勢の前で晒す予感が美織の心と身体を蝕んでいくのだ。

「ふふ、もう好きにしてくれって感じですね」

脱力して顔を横に伏せたバレー界のヒロインに、茶髪はニヤニヤとしながら肉棒を押し出してくる。

膣口を硬化した亀頭が拡張し、侵入が始まった。

「えっ、あっ、まっ、待って」

何回目かなどわからないくらいに繰り返された男の硬いモノが入ってくる感触。

ただ今回は明らかにいままで違っていて、美織ははっとなって身体を起こした。

「あ、あなた避妊は？」

両脚を茶髪の手で開かれている美織は、両手を後ろについて上体だけを起こした。

そして愛液や汗にまみれて輝き放つ自分の黒毛の向こうを見ると、そこにはコンドームを着けていない生の肉棒があった。

「ちえっ、バレたか。ねえ、美織コーチ、いいじゃないですか。生でやらしてくださいよ」

茶髪は残念そうにしながら腰を少し動かし、膣口のあたりで亀頭を動かしてきた。

「いっ、いやっ、それだけはだめ、あっ、赤ちゃんは、だめ」

まさか夫以外の男の子供を妊娠するわけにはいかない。美織は激しく首を横に振って訴えるが、身体を捻って矛先をかわしたりはできなかった。

(なにこれ……熱い……)

たった一枚の薄いゴムがないだけなのに、こんなに違うものかと思うくらいに肉棒が生々しい。

媚肉のほうも見事に反応し、まだ先の先しか入っていないというのに、腰まで快感に痺れていた。

「あとから飲んでも効く避妊薬はいちおう用意してるけどね。なにかあったらいけないし」

両脚を開いた身体を後ろについた腕で支えながら、力を振り絞るようにして首を横に振る美織に、真里がにやつきながら言った。

「お薬あるんですって、どうします？」

茶髪は一度肉棒を引き抜くと、絶え間なく溢れ出ている愛液にまみれた亀頭を、美織のクリトリスの辺りに擦りつけてきた。

「あっ、いやっ、だめ、それ、あっ、ああ」

粘液によって摩擦が奪われた硬いモノが、敏感な肉芽を擦りあげる。

膣とは違う快感に背中が震え、美織は脱力して再び布団に上体を横たえた。

「いいじゃないですか。生でしましょうよ」

「あっ、そんなの、ああっ、だめよ、ああん、ああ」

美織はなよなよと首を振るだけで声にも力がない。生の怒張の感触にクリトリスが異様に敏感になり、開放されたはずの膣のほうも熱く疼きつづけていた。

（こんなの……私……）

いけないという思いはあるが、燃えあがる肉体が正常な思考まで奪っている。

目を虚ろにしたまま、美織はいつしか切なそうに腰までくねらせていた。

「いいでしょ、コーチ。妊娠の危険はないんですから、お願いします」

その避妊薬を飲めば事後でも妊娠しないくらいは美織も知っている。茶髪は鼻息を荒くしているが無理やりに挿入しようとはしない。

健吾と美織が交わした無理強《じ》いはしないという約束を知っているのかもしれなかった。

（ああ、もしかして私がいいと言わなければ入ってこないの？）

ということは、美織が許可を出さなければ、肉棒はずっとこのままクリトリスを擦りつづけるだけなのかもしれない。

もう強引に肉棒を押し込んでくれてもいいのにと、美織は禁断の想いに囚われた。

「ああ……だめ……いやあ、あああん、でも、あああっ、あああ」

絶対にそれを望んではならないという気持ちも完全に折れていた。

そんな美織の感情が見ている者たちにも伝わったのか、取り囲んだ選手たちからゴクリと唾を飲む音が聞こえてきた。

「ああっ、だめええ、あああ、私、もう、あああ、あああ」

クリトリスの快感が膣の熱さをさらに煽っていく。媚肉が別の生き物のように脈動しているのがわかるくらいで、美織はこのまま焦らされつづけたら狂ってしまうと本気で思った。

「あっ、あああっ、もう、ああっ、好きにして」

ついに精神まで快感に痺れ堕ちた美織はすべてを忘れて、そう叫んでいた。

「では早速」

美織の言葉を聞くと同時に、茶髪はそれ以上焦らすことはせず、一気に怒張を押し込んできた。

女慣れしている彼は美織の肉体が昂りきっているのも察していたのかもしれない。

「あっ、あああああっ、すごい、あああああん、あああああ」

エラが大きく張り出した生の亀頭が、溶け落ちている媚肉を引き裂いて一気に最奥に突き立てられた。

焦らしから一転して、膣肉を満たしきった熱い巨根に美織はガクガクと仰向けの身体を震わせながら凄まじい絶叫を響かせた。

「くうう、コーチのオマ×コ、ヌルヌルのお肉がたまりません、くうう」

責めどきを心得ている茶髪は一気に激しくピストンを始める。

剝き出しの亀頭がドロドロの愛液にまみれた子宮口をズンズンと突いてきた。

「あああっ、私も、あああああん、硬いのが、あああっ、引っかかる、はあああん」

コンドームつきとはっきり違うのは、亀頭のエラの感触だ。生の男の張り出しが敏感な膣肉を抉るのがたまらなかった。

「気持ちいいですか、生のチ×チン」

そんな美織の両脚をさらに開き、茶髪は激しく腰を振りたててきた。

「あああっ、いいいっ、あああああん、生のは全然違う、あああああん、気持ちいい、ああ」

そして美織はもうなにも考えることなく、快感を叫び、横たえたグラマラスな身体をくねらせる。

たわわな乳房を躍らせながら、唇をこれでもかと開いてよがり狂う元バレー界のヒロインにみんなが魅入られていた。

「あああっ、すごい、あああん、奥がたまらない、ああん、いいいっ、あああ」

一度タガが外れてしまうと、歯止めはもう効かない。

(これがほんとうのセックスの快感なの？　ああ……もう私……だめ)

もう全身が痺れ落ちるような感覚の中で、美織は生の肉棒に酔いしれていく。

身体の上でたわわな乳房を波打たせ、よく引き締まったウエストのあたりはずっとヒクヒクと上下している。

「すごい音がしてますよ。奥までドロドロだ」

「あああん、だって、ああああん、熱いのが、あああん、たまらないのう」

茶髪の言葉どおり、二人の結合部からはずっと愛液を掻き回す粘着音が響いている。

ただもういまの美織にとって、その音にかき立てられる羞恥心すらも快感の一つとなっていた。

「すげえ、ここまで乱れるんだ」

瞳を虚ろにしたまま叫びつづける美織の顔に近くで、一人が呟いた。

「あああっ、だってえ、あああん、こんなの知らなかったからあ、ああ、あああ」

仰向けの身体を蛇のようにくねらせながら美織は、夫との行為とはあまりに違う凄まじい快感が自分のすべてを奪っている、だからこんなに乱れても仕方がないのだと、心の中で言い訳を繰り返していた。

「ああああっ、もうだめえ、イッちゃう、あああん、あああ」

もちろんそんな女ではだめだという意識が心の片隅にはまだある。

ただ甘く激しい快感が迷うことすら許してくれず、美織は一気に女の頂点へと向かっていった。

「ああっ、私、狂っちゃう。あああっ、すごいのが、あああん、来る」

押し寄せる快感のうねりの強さが、さっきまでよりもさらに強くなっているのを美織は感じ取っていた。

自分はほんとうにおかしくなってしまうかもしれない。だがもう歯止めなど効くはずもなかった。

「俺もいっしょにイキますよ。美織コーチの中で出しますよ、おおお」

けだものと化した美織に彼も興奮しているのか、目をギラつかせながら怒張をこれでもかと突き出してきた。

「あああっ、来てぇ、美織の中で、あああん、たくさん出してぇ、あああっ」

もう膣奥に精子を浴びることすらいとわずに、美織は仰向けの白い身体を大きくのけぞらせた。

Hカップのバストが尖りきった乳首と共に弾けるのを合図に、全身がエクスタシーに呑み込まれていった。

「あああっ、イクうううう」

雄叫びのような絶叫とともに美織は男の手で割り開かれた両脚をブルブルと痙攣させてのぼりつめた。

「はあああん、美織、イッてるううう、ああっ」

顔を蕩けさせた美織は、自分を取り囲む男たちに見ろとばかりに躊躇いすら見せずに全身を波打たせてエクスタシーに震えた。

「俺もイク」

少しでも肉棒を貪ろうと脈動している膣内で、茶髪の怒張を弾けた。

巨大な逸物は媚肉を満たしきったまま、さらに圧力を強めて精液を放った。

「ああっ、熱いの来てる……あぁっ、たくさんの精子が、あぁん、ああっ」

ドロリとした粘液が膣内を満たし、子宮にまで染み入ってくる。

もし薬がなければ確実に妊娠しているだろうと美織は感じながら、その背徳感にすら酔いしれていた。

「ううっ、まだ出る、くうう、おおお」

何度も射精を繰り返しながら茶髪は最後の力を振り絞るように、怒張を美織の奥でピストンしてきた。

「いま動いたら、あっ、あああっ、だめっ、あ……あ……」

絶頂に溶け落ちている子宮口を追い討ちでピストンされ、さらなる快感がきた。

呼吸が止まり背中が大きく弓なりになるなか、美織はついに意識が薄れていった。

「あ、やばい、失神させちゃった。感じすぎだよ美織コーチ」

視界も霞むなか、茶髪のその声がやけに耳に響いていた。

第五章　衆人環視のおぞましき強制排泄

「すぐ立て、休むな」

チームは一部リーグに昇格したあと、リーグ戦の前に行われる一部大学トーナメント戦へ向けた練習が始まっていた。

年間優勝校を決めるリーグ戦ほどは重要視されていないが、一戦も落とせない緊張感の中で試合が行われることもあり、とくに日本代表の選考などで重要視される。

一部リーグのチームにはすでに代表に入っている者や将来の候補も大勢いるので、手を抜いて戦うなどありえない大会だ。

「ああ……」

健吾の指導も熱を帯びていて、選手たちの士気も高い。

大声とボールが床を叩く音を、美織は体育館にある更衣室の扉越しに聞きながら、深いため息をついていた。

(とうとうこんな格好でコートに立つのね……私は……)

いまから美織は彼らの前に出て、場合によってはコートに入って見本を見せるのだが、ついにはパンティまでなくなり、身体につけているのは、膝当てのサポーターとソックス、シューズだけだ。

息をするだけで揺れているHカップの巨乳やムチムチのヒップ。さらには黒々とした毛が密集する股間まで、まさにすべてを晒した状態だ。

(いっそ裸のほうがまだまし)

膝サポーターやシューズだけが身体にあるのが、美織の羞恥心をより掻き立てる。

自分が青春を賭けたバレーボールを冒瀆《ぼうとく》している気がして悲しくもあった。

「こんなに熱い……ああ……だめなのに……」

泣きたいくらいに悲しい状況なのに、白い肌が上気するくらいに全身が熱い。

それも股間がとくにひどく、ずっとズキズキとむず痒さを伴《ともな》った疼きがある。

「なんのためにしているのか……もうわからない」

夫の康介を全日本代表監督にするためにこんな恥ずかしい格好をし、選手たちの欲望を受け止めていたはずだ。

だが美織は、康介との行為ではけっして得ることがなかった甘美で激しい快感に酔いしれ、ついには中出しまで許してしまった。

(子宮が溶けていくような感覚……)

茶髪の精液が勢いよく膣奥に放たれたとき、美織は快感と同時に心の底まで満たされるような思いに浸りきっていた。

あの瞬間、好きでもないはずの茶髪に心まで奪われていた、そんな気がするのだ。

「ああ……私はどうしようもない女なの……」

元チームメイトの女子の中にはセックス好きを公言する子もいたが、自分は違うと思っていた。

だから健吾の要求を受け入れたときも、つらい時間に耐えるのみだと考えた。

なのに選手たちの怒張を身体に受け入れた瞬間、すべての思考は吹き飛び、悦楽のみを求める牝と化してしまった。

(また同じように狂ってしまうの？　私は……)

一晩中という約束だったが茶髪の射精を受けたあと美織が気を失ってしまったので、そこで終わりになった。

まだ美織としていない選手たちの肉棒を今週末に受け入れることになっている。

そこで肉棒によがり狂い、さらなる淫婦に自分が進化してしまうような気がして美織は恐ろしかった。

「いっ、いやっ」

扉を少しだけ開けて中の様子をうかがうと、選手たちはユニホームの上は着用しているが、下はぴったりと腰にフィットしたビキニパンツだけだった。

あらかじめ聞いてはいたが、股間に浮かんだ巨大な肉棒の形を見ると、美織は恐怖にすくんでしまう。

「あっ、奥が、やっ、あああ」

逆に身体のほうはカッカッと熱くなり、ピンクの乳首は立ちあがり、サポーターを着けている膝から力が抜けて立っているのもつらい。

布に浮きあがる姿を見ただけでこの反応を見せる肉体が、美織は心底恐ろしかった。

「美織、まだなの？」

いつまでも美織が出てこないことがおかしいと思ったのか、扉の隙間から真里がこちらに歩いてくる姿が見えた。

「ああ……行かなきゃ」

熱く昂《たかぶ》る肉体、それとは逆に怯えている心。混乱している美織だったが、真里が来たらどちらにしても引きずり出されるのだからと、思いきって扉を開いた。

「行ったぞ」

美織の姿を見て真里はコートのそばに戻る。選手たちは裸同然の美女コーチの姿に目をやることもなくボールに集中している。

(どうして……)

いつもなら美織の肉体を見るとプレー中であろうが、何人かはいやらしい目を向けてくる。

今日はコートに入っていない選手でさえも、なぜかこちらを見ようとはしない。

明らかに体育館にいつもと違う緊張感が流れていた。

「君はほんとうに露出狂なんだな。そんな格好で練習して興奮するだなんて驚いたよ」

そのとき、美織の横から聞き慣れない男の声がした。

「かっ、会長さん、いっ、いやあああああ」

扉の隙間からは死角になる壁際にいたのでまったく気がついていなかったが、そこにはバレーボール協会の会長である高島龍太郎が立っていた。

予想もしていない人間に驚き、美織は身体を丸くしてしゃがみ込んだ。

「なにをいまさら。聞いているぞ、若い選手たちとずいぶんとお楽しみだったらしいな」

「ち、違います。これは、ああ、いやああ」

混乱の中で両膝を抱えるようして、美織は巨乳や股間を覆い隠している。

龍太郎が来ているというのなら選手たちが緊張しているのもわかる。

元遊び人で明るい性格の健吾とは親友らしいが、性格は正反対の人だ。

『あいつは性格が難しすぎる。めんどくせえ』

美織が日本代表の頃、バレー協会の会長として視察に来た龍太郎と話をしたあと、健吾がこぼしていた。

日本代表としてはオリンピックに届かなかったが、龍太郎は選手を引退後、監督やコーチをせずに事務方となった。

そこで協会運営に手腕を発揮した彼はずっと、テレビ局との交渉やスポンサーの獲得など、裏側から日本バレー界を支えてきた人だ。

(なのにどうしてあんな顔を……)

金銭的にも清廉潔白で、地方に行ったときの接待も辞退するような人柄だという評判なのに、いまの龍太郎はまさに別人だ。

見たこともないような淫らな笑顔を浮かべ、うずくまる美織を見下ろす目は、健吾や選手たちと同じだった。

「女子バレー界のアイドルと言われた君がこんな恥ずかしい女だったたなんてな」

「い、いやっ、来ないでください」

ニヤニヤと笑いながら近づいてくる龍太郎を見ていられず、美織は身体をさらに丸くした。

目の前にいるのはよく似た別人ではないのか、そう思うくらいの変貌ぶりだ。

「いまさらなにを言っているんだ。どうせ股を濡らしているんだろう」

龍太郎は強い口調で言うと、ほとんど背中を向けている美織の片方の足首を掴み、上に向かって持ちあげた。

「きゃあああああ」

不意を突かれ、美織はほとんど裸の身体を体育館の床に転倒させる。

龍太郎はもう片方の美織の足を踏んで床に押しつけていて、剝き出しの股間が大開きになって晒された。

「ヨダレまみれじゃないか、くくく」

全開になった股間の真ん中に漆黒の陰毛とピンクの媚肉がある。

着替えをしているときから禁断の興奮に苛《さいな》まれていた美織の女の肉は、すでに熱く蕩けていて、膣口はぽんやりと口を開いたまま花弁まで愛液に濡れ光っていた。

「み、見ないでください、ああっ」

もちろん股間の状態は自分でもわかっている。牝の反応を暴かれた美織はさらに羞恥を加速させ、両手で慌てて股間を覆い隠した。

「隠しても遅いぞ。ふふ、まあいい、私が用事があるのはここだからな」

美織の両脚を引き裂いたまま龍太郎は、元バレー選手らしい大柄な身体を折って、股間に手を伸ばしてした。

ただなぜか秘裂のほうには目もくれず、立てた人差し指を後ろにあるアナルに伸ばしてきた。

「ひっ、ひあっ、そこは、違う、ああっ、いやああ」

ゆっくりと指を回しながら龍太郎は美織の小さなすぼまりをこじ開けようとする。

他人に触れられるのも初めてのその場所に、美織は混乱したまま絶叫を繰り返していた。

「違わないさ。私は無類のアナルマニアでね。君が現役のときから後ろの穴を開いて開発してやりたいとずっと思っていたのだよ」

恐ろしいことを言いながら、龍太郎はもう第一関節のあたりまで肛肉に捻り入れている。

厳格で知られる会長のそんな行為に、選手たちもさすがにプレーを止めて呆然と口を開いて見つめている。

「あああっ、いやあああ、ああああ、こんな場所、ああっ、変態、ああ」

「そうだ、私は変態だ。君もいまからアナルの快感を教え込んで変態の仲間にしてやろう」

代表の練習を見にきたときもほとんど言葉を発しなかった会長が、自らを変態と認めながらセピアの肛肉を嬲ってくる。

「ああっ、なりたくない。ああああん、お尻なんて、いやああ」

もう龍太郎の指は肛肉を割り開き、かなり深くまで侵入している。

男の硬い指がアナルのさらに奥にある腸壁に触れると、なんだかジーンとするような痺れが湧きあがるのだ。

(ああ、いやっ、私、お尻で感じないって言えなかった)

禁断の場所でされるのは嫌だとは言ったが、感じるはずがないとは叫べなかった。

アナルで快感を得られると自分が心の底では思っている気がして、美織はもう泣きたくなるのだ。

「グイグイ締めてきてるぞ。貪欲なアナルじゃないか」

肉体のほうはかなり従順に龍太郎の指を受け入れていて、ピストンが始まっても痛みなどはまるでない。

突然会長が現れて蒼白になっていた肌もいまはほんのりと赤く染まり、持ちあげられた肉感的な片脚もずっと震えていた。

「ふふ、素質があるぞ、美織くん。ではまずは浣腸からだな」

初めてのアナルでも鋭敏な反応を見せる、人妻となった元ヒロインに、龍太郎は満足げな笑みを浮かべて指を抜き、更衣室のほうを見た。

開けたままになっていた扉の中から、いつの間にか姿を消していた真里が洗面器を手にして現れた。

「ひっ、いっ、いやっ、絶対にいやあああ」

彼女の手の上にある洗面器にはガラス製の大きな注射器のような器具が突っ込まれていた。

透明のガラスに目盛りが印字されたそれが、浣腸器であることは美織でもわかった。

「いっ、いやっ」

悲鳴をあげて首を振ったあと、美織は両脚をばたつかせて龍太郎の腕を振りきり、走って逃げ出した。

「おっと」

白い巨乳を弾ませて壁際まで逃げた美織だったが、回り込んだ健吾にあっさりと捕まってしまった。

「あっ、いやっ、離してください。あっ、あああ」

健吾は美織を背後から抱きかかえながら、巨乳に手を回して揉みしだき、乳首を摘まんできた。

こんな状況でも強い快感が突き抜けていき、美織は膝に力が入らなくなった。

「俺たち夫婦に加えて会長の支持も取りつけたら、康介の監督は決定も同然だぞ」

なんのためにお前はここまでがんばってきたんだと、健吾は小さな声で囁いてきた。

「あっ、でも、あああっ、浣腸なんて、そんなひどいこと……ああ……いや」

確かに会長である龍太郎の押しがあれば、なによりの味方だろう。

だが洗面器を満たしている澄んだ溶液と浣腸器を見ていると、とても頷く気持ちにはならなかった。

「か、浣腸って……マジか……」

そのときコートの中にいる選手の一人がぼそりと呟いた。彼の顔は明らかに引き攣っている。

二十数人の選手に目をやると、ギラついた目で美織のたっぷりと肉が乗ったヒップを見つめている者と、浣腸と聞いて引いている者が半々といった感じだ。

「ふふ、いいことを思いついたぞ」

選手たちを見渡した健吾も同じように思ったようで、彼は美織の乳房を揉みしだいて逃げないように動きを封じながら、顔をあげた。

「おい、お前たち浣腸される美織を見たくない者は手を挙げろ。外に行っていてもいいぞ」

健吾の大声が響き、選手たちはお互いを見合う。そこに龍太郎が私に気を遣う必要ないと付け加えると、約半数の選手が手を挙げた。

自分と同じように変態行為を嫌悪する人間が大勢いて美織は少しほっとするが、逆に言えば残りの半分は憧れの人気選手が浣腸に悶絶する姿を見たいと考えているのだ。

「美織、お前にチャンスをやろう」

健吾はそう言うと、少し離れたところにいる龍太郎のほうに顔を向けた。

「いまから手を挙げた者と挙げなかった者をチームに分けて五ポイント先取で試合を

させ、浣腸派が勝ったら美織にそいつを入れるのはどうですか、会長」

親友であるらしいが、いまは会長と副会長という立場なので、健吾は敬語で龍太郎にそう訴えた。

「いいな。ただし浣腸チームが一点取るたびに浣腸を入れるのはどうだ」

「いいですね。それでいきましょう」

驚いて顔を強ばらせる美織を無視したまま、中年男同士が勝手に決めてしまった。

「そ、そんな、私、いやっ」

選手たちは実力的にも半分に割れた感じだ。ということはどちらかが一方的に点を取りまくるというのは考えづらい。

といことは美織は勝とうが負けようがあの浣腸器をアナルに受け入れなくてはならないということだ。

「お願いです、監督。浣腸だけは、ああ……いやあ」

美織はもう泣きじゃくり、ショートボブの髪の毛を振り乱して背後にいる健吾に訴える。

大勢の人がいる前で浣腸をされるなど死んだほうがましに思えた。

「大学の体育館にまでわざわざ会長が来てくれてるのに、いつまでもだだをこねないの。どうしても浣腸が嫌なら自分もコートに入って点を取りなさい」

男たちが勝手に決めた試合をあくまで拒絶する美織の前に、真里がつかつかと歩み寄って股間に手を押し込んできた。

「あっ、いやっ、あっ、そこいや、ああっ」

正面に立つ真里の手は美織に秘裂を通り越し、後ろにあるアナルを捉えてきた。

いまは絶対に触れられたくない場所にグリグリと指を押し込まれて、美織は苦悶する。

「ここを開発されるのが嫌なら実力でなんとかしなさい、いいわね」

「ああっ、ああ、はいいいい」

人間の急所でもあるアナルを強くこねられ、美織はもう反射的に返事をしていた。

「ああ……」

承諾した以上はもう試合から逃げるわけにはいかない。

Hカップの巨乳も、漆黒の陰毛も、そして狙われたアナルが谷間に潜む巨尻も晒した姿の美織は、ゆっくりとネットの前に立った。

(絶対に……いや……)

ガラスの浣腸器が突っ込まれたままの洗面器を、龍太郎が手に持って笑っている。

そして彼の視線も、体育館の中にいる他の男たちの目も美織の大きく実った桃尻に注がれていた。

「お待たせ、これですべて準備はオッケーね」

そこに真里が大きな台車を押して入ってきた。台車の上には八割くらいの水が入った水槽が乗せられている。

「ひっ」

美織がチャプチャプと揺れる大量の水を見てこもった声をあげたのは、その水までも自分のお腹の中に入れるつもりではないのかと思ったからだ。

選手たちも同じように考えているようで、美織と同じチーム、浣腸を見たくない派の面々はさらに引いている。

「勘違いするな。さすがに私でもこんな大量に浣腸しようなどと思ってはいない。これは君専用のトイレだよ」

真里が体育館に壁際に置いた台車を指差して、龍太郎は笑った。

「えっ、ト、トイレって、こんなのが、そんな、いっ、いやっ」

この男は浣腸をしたいだけでなく、人前で美織に排泄まで強要するつもりなのだろうか、あまりの恐ろしさに白い頬が蒼白になっていった。

「浣腸をされて出すときにアナルが花のように開くんだ。最高の眺めだぞ」

美織とともにビビっている選手たちを尻目に、龍太郎はまた別人のような淫靡な顔を見せていた。

「俺、けっこう見てみたいかも」

反対側のコートにいる茶髪がぼそりと呟いた。その一言で賛成派の選手たちに一気に気合いが入ったように見えた。

「よし、はじめるぞ。五ポイント先取な」

反面、こちらの見たくない派の選手たちはまだ戸惑っている様子だ。

そこに向こう側から強烈なサーブが飛んできた。

「あっ……」

賛成派のサーバーはN大の中心選手で、一部リーグでもトップレベルのサーブだ。

見事なドライブ回転がかかったボールに、美織を含めて誰も反応できなかった。

「よし一本入ったな。くくく」

床にボールが叩きつけられる音を聞いた瞬間から、龍太郎が浣腸器に洗面器の中の液体を吸いあげはじめた。

「いっ、いやっ、ちょっとまってください、いまのは」

なんの準備もできずにサーブを打たれたと美織はあとずさりしながら、言い訳しようとするが、そこに真里がやってきて肩を押さえてきた。

「あなたも認めたルールでしょ。スポーツにいまのなしはないの。ふふ、ほら、みんなも手伝いなさい」

真里がそう命令すると、美織を四つん這いにして」

真里がそう命令すると、見たくない派の選手たちも協力して美織は四つん這いにされた。

彼らは浣腸を見たくないとは言っているが、美織の味方ではないのだと、思い知らされる。

「あっ、いやっ、浣腸なんて、あああっ」

数人の鍛えられた男の力に抵抗などできるはずもなく、美織はコートに四つん這いにされた。

そこに浣腸器の先端部に潤滑用のゼリーを塗りながら、龍太郎が入ってきた。

「心配するな、いきなりたくさん入れるようなことはせん。君が便意に耐えてがんばる姿を楽しみたいからな」

後ろに向かって突き出された形が丸くムチムチとした白尻を大きな手でこじ開け、

剥き出しになった茶色のすぼまりにガラスのノズルを押し入れてきた。

「はっ、はうっ、いやっ、くうううう」

冷たいガラスが敏感な括約筋を拡げる感覚に美織は苦悶して、四つん這いの身体を震わせた。

ただ充分にゼリーが塗られたノズルは、簡単に根元まで押し込まれた。

「では、注入開始だ」

龍太郎も少し興奮に声をうわずらせながら、浣腸器を満たした薬液の注入を始める。

生ぬるい液体が少しずつ美織の腸の中に注ぎ込まれてきた。

「あっ、いやっ、あああっ、許してください、あああっ」

大きな尻たぶを揺らしながら、美織は排泄専門の器官を遡《さかのぼ》ってくる液体に苦悶する。

人生で浣腸を受けるのは初めてで、その違和感は凄まじい。

「そんなに動いたら浣腸器が折れて大変なことになるぞ。ガラスが刺さる」

無意識に四つん這いの身体をくねらせている美織を諫《いさ》めながら、龍太郎は手を止めて浣腸器を抜き去った。

「まあ、一回目はこのくらいでいいか」

美織が動くから注入をやめたのかと思ったが、もうこれで終わりのようだ。

「いいんですか？　ほとんど入っていないじゃないですか」

あまりに入れる量がないと思ったのか、健吾が覗き込みながら言った。

「最初から入れすぎると動けなくなるからな。そのかわり次は倍の量だ。がんばれよ」

四つん這いのまま悲しい目を後ろに向けている美織にそう声をかけると、龍太郎はコートの外に出ていった。

「よし。じゃあ、再開するぞ」

審判の席に戻った健吾が笛を鳴らし、試合が再開される。サーブ権を持つ敵チームが得点したので、サーバーもそのままだ。

「うおっ」

最初と同じように強烈なサーブが飛んできたが、今度は後ろの選手がなんとかレシーブした。

あまり綺麗なボールではないが、セッターが身体を入れてトスの体勢に入る。

「うう、くうううう」

ネット前にいる美織は当然、ジャンプする体勢に入るが、そのとき下腹が強く締めつけられて膝が折れた。

(なんで……こんなに……)

自分でもわかるくらい浣腸はわずかしか入っていない。なのにもう強烈な排泄欲求が腸から湧きあがってきた。

どうしてなのか理由はわからないが、とにかく美織は力を振り絞って飛んだ。

「くっ」

もう自分が裸に膝サポーターとシューズだけのいやらしい姿であることも忘れて、美織は全力でボールを打つ。

巨大なHカップの双乳が踊り、強いボールが飛ぶと相手側の選手たちは躍動する裸体に見とれたまま見送ってしまった。

「ナイスです」

味方の選手たちが近寄ってきてハイタッチを求めてくる。

「ありがとう、くっ、んんんん」

苦しいが笑顔を作って応えた美織だが、ハイタッチの衝撃だけでもお腹に響き、前屈《かが》みになってしまった。

「ああ……いやっ……くううう」

思わず腰を曲げて剝き出しのヒップをくねらせてしまう。

ドンと重量感のある尻たぶがちょうど味方選手たちのほうを向いてしまっていた。

「いっ、いやっ」

必死で引き締めているアナルが彼らに見えてしまったのではないかと思って、両手で後ろを隠した。

そのいじらしい動きに浣腸に引いていた選手たちの目つきが変わった。

「ほれ、のんびりするな。再開しろ」

健吾が笛を吹き、今度はこちらの選手がサーブを打った。

「それっ」

それほど強いサーブではないので、向こうは簡単にレシーブしていいボールがセッターの前に上がる。

「くっ」

迫りくる便意に耐えながら美織は懸命に飛ぶが、いっしょに飛んだ味方の選手のブロックの上をボールがあっさりと超え、コートに打ち込まれた。

「あっ、くっ、どうして?」

着地の衝撃にHカップの巨乳がブルブルとバウンドし、お腹にも響いて息が詰まる。

ただそれより美織が気になったのは、明らかに気の抜けたようなブロックをした選手のほうだ。

「すいません」

美織の肉体をエサにした猛練習で最近は全員の実力がめきめきとアップしていて、この選手ならいくら強いアタックでも上を越されるようなことはないはずだ。

美織の問いかけにも目を逸らしていて、明らかに様子がおかしい。

「美織コーチ、二回目です」

そして他の味方選手も、龍太郎に命令されるより先に美織の肩を摑んできた。

「あっ、あなたたち、いやっ」

お腹の締めつけのせいで身体に力が入らない美織を彼らは強引に押さえ込んで四つん這いにさせた。

こちら側の選手全員の雰囲気が明らかに変わっている。そしてそれはネットの向こうにいる賛成派の者たちと同じだった。

「さあ、今度はさっきの倍入れるぞ」

肉感的な両脚を折ってコートに膝をついた美織の尻たぶを、龍太郎は強く摑んだあと、浣腸器を押し入れてきた。

「いっ、いやっ、あああっ、もう入れないで、く、くううう」

犬のポーズで数十人の人間に向かって女のすべてを晒しているが、もう美織にはそんなことを気にする余裕もない。

少量だったさっきまでとは違い、今度ははっきりと腸に強烈な圧力を感じていた。

「よし、さあ、再開してくれ、監督」

合計で浣腸器一本分を入れ終えた龍太郎は、すぐに健吾を振り返って言った。

「よし、じゃあ、始めるぞ。美織も立て」

「ああ……そんな……あぁっ、くううっ」

立てと言われて上半身は起こしたものの、美織は立ちあがることができない。

もうずっと下腹部が強烈に締めつけられ、少しでも気を抜けばアナルが決壊してすべてをぶちまけてしまいそうな状態だからだ。

「始め」

たわわな巨乳や肉の乗ったヒップまで脂汗を浮かべる美織を無視し、健吾が笛を鳴らした。

今度のサーブ権は賛成派のチームなので、ここぞとばかりに急いでサーバーが構えた。

「ああ……くうう……はうっ」

美織も慌てて立ちあがろうとするが、そのとき強烈な便意が襲ってきて、膝が砕けてどうにもならない。

とにかくアナルに意識を集中していないと、コートの上で崩壊してしまう。

「くうう……えっ？」

それでもなんとか目でボールを追っていると、ネットの上を越していったボールを後ろの選手が誰も追わなかった。

静かな体育館にボールが何度もバウンドして転がる音だけが響いた。

「監督、俺、棄権してもいいですか？」

一人の味方選手が手を挙げる。美織はもう愕然となって声も出ない。

「俺も……」

すると他の選手も一人二人と手を挙げ、こちら側のコートにいる美織以外の全員が棄権の意思を示していた。

「君たちも満島美織が漏らすところを見たくなったんだな」

健吾は少し驚いている様子だが、その近くにいる龍太郎は笑顔を見せている。

「そ、そんな……あなたたち」

いまにも決壊しそうなアナルと闘いながら、美織は震えた声で言うが、みんな、ばつが悪そうに視線を合わせない。

ただその目はずっとくねっている美織の下半身に集中していた。

「ならこちらの負けでいいな」

健吾がようやくそう言うと、棄権すると言った五人がいっせいに「はい」と返事をした。

「いっ、いやっ、そんなの」

突然、奈落の底に突き落とされた気持ちで、美織は首を横に振って泣き声をあげる。

敗れた罰として美織は体育館の隅で台車に乗せられている水槽に、自分の汚物をぶちまけなければならないのだ。

「勝負は決まったが、最後の一点分、こいつを入れないとな」

人前で排泄をさせられると聞いて、狼狽《うろた》える美織に向かって再び薬液を満タンにした浣腸器を龍太郎は突き出した。

「いっ、いやっ」

反射的に美織はネットの下をくぐり、体育館の奥にあるトイレの方向に駆け出した。

もうアナルを締めつづけるのも限界で、本能的にトイレに向かって身体が動いた。

「往生際が悪いですよ、美織コーチ」

だがそれには賛成派の選手たちの間を抜けていかねばならない。

案の定、彼らはすばやく美織を取り囲んで行く手を塞いだ。

「よし今度は仰向けて浣腸だ。床に押さえつけて股を開かせろ」

浣腸器を握った龍太郎が命じると、選手たちの手がいっせいに美織に伸びてきた。

「いっ、いやあああ、もう浣腸はいやっ」

美織は手脚をばたつかせて抵抗しようとするが、力など入るはずもない。

全身の集中力をアナルに込めていないと、いますぐ暴発してぶちまけてしまう。

「お願いです、許してください。ああっ、いやっ、揉まないで」

ほとんどされるがままに仰向けにされ、長く肉感的な白い脚が開かれる。

上半身の上でほとんど脇に流れずに盛りあがる張りの強い巨乳に選手たちの手が伸びてきて揉みしだく。

こんな状態でも甘い快感が湧きあがり、それが美織は悲しかった。

「心配するな。浣腸器を入れている間は漏れたりせんからな。ほら、力を抜きなさい」

龍太郎は、乳房の快感によって美織の抵抗が緩んだ隙を見逃さず、浣腸器のノズルをアナルに押し入れた。

「あああっ、いやあっ、お腹が破裂しそうなんです。ああっ、もう無理」

彼の言葉どおり太めのガラスがアナルを塞ぐと、括約筋から力を抜くことはできた。だがそのあとに流入してきた薬液に腸がさらに圧迫され、美織は呼吸をするのが精一杯の有様だ。

「いい表情だ。ゆっくりと入れてやるからな」

そんな美織の様子が龍太郎の嗜虐心をさらに刺激したのか、浣腸器本体を前後にピストンさせながら、楽しむように注入してくる。

「あああっ、いやああ、動かさないで、ああっ、あああ」

苦しいのに代わりはないが、アナルが開かれたり押し込まれたりすると、膣やクリトリスとは違う快感が湧きあがってきた。

ほんとうに腸がだめになってしまうかと思うような圧力と、括約筋をくすぐられているような甘美な感覚が混ざり合い、美織は混乱しながら喘ぎつづける。

(いやあ……こんなひどい目にあっているのに……私は……ああ)

美織の上半身を押さえている選手たちも、急に牝の昂りを見せはじめた美女コーチの乳房を激しく揉みしだく。

よく見たら最初は浣腸に引いていた選手たちで、そんな彼らもいまは興奮に目を輝かせながら、美織の盛りあがる乳房の頂点にあるピンクの乳頭を摘まんだりしている。

「ああっ、こんなの……あああっ、あああああっ」

彼らの向ける蔑《さげす》みの視線が美織のマゾの性感を刺激する。

いつしか美織はどこまでも堕とされる自分に興奮し、蒼白だった頬もほんのりとピンク色に染まっていた。

「よし全部入った。抜くときは漏れやすいからな。力をいれてアナルをすぼめるんだ。でないとコートを汚すことになるぞ」

龍太郎はいちにのさんと声をかけながら、浣腸器をするりと引き抜いた。

「くっ、くううううう」

自分が青春を賭けた神聖なコートを汚物まみれにするわけにはいかない。

美織は最後の力を振り絞り、なんとかアナルの決壊を防いだが、もう内腿までヒクヒクと引き攣っていて、汗に濡れた下腹もずっと波打っていた。

「あなたたち、美織コーチはもう立つのも無理みたいだからあそこまで担いで連れていってあげて」

もう視線も定まらない状態の美織を取り囲む選手たちに、真里が指示をする。

数人の手が美織の身体に回され、真里が指差した水槽のほうに担がれていく。

「いっ、いやっ、ああぁっ、お願い、おトイレに、あああっ」

かすれた声で訴えながら、美織はなよなよと首を振って訴えた。

大勢の人間の前で排泄をする。まるで人間であることを捨てるように思えた。

「それなら一人でトイレまで歩いていく？　ウンチ我慢しながら行けるかしら」

選手たちにグラマラスな身体を担がれ宙に浮かんだまま苦悶する美織を見下ろして、真里はケラケラと笑った。

「ああ……それは……」

確かにもう肛門は限界などとうに超えていて、自力で歩こうとしたらその場で決壊を起こすだろう。

もう美織はされるがままに水槽に跨がるしかなかった。

「ほれ、縁を手で持ってもう少し尻を突き出せ」

選手たちの手で台車に乗った水槽を跨いだ美織に、龍太郎が細かい指示を出す。

もう抵抗の気力など持てない美織は、身体を前に倒し上体を水槽と平行にして尻を後ろに突き出すポーズをとった。

「いいぞ、そのまま後ろに向かってクソを発射しろ」

わざと下品な言葉を使って、龍太郎は美織の羞恥心を煽りたててくる。

ムチムチとした巨尻がプリンと掲げられ、水槽の上で揺れていた。

「バレーのときと同じポーズだな」

かなり大きな水槽なので、長い両脚をがに股に開いて跨がり、腰を九十度に折った美織の体勢は、試合のときに相手のサーブを待つ姿に似ていた。

「いやっ、言わないで。ああっ、くううう、ううう」

その言葉に羞恥心をさらにかき立てられ、美織は泣きだしそうになる。

ただ腸を刺すような浣腸液の刺激が、悲しむことも許してくれなかった。

「バレー界のアイドルの崩壊をちゃんと撮ってやるからな」

龍太郎がビデオを構え、選手たちも数人がスマホのカメラを向けている。

「いやあああ、撮らないで、あああっ、お願いだから、ああっ、いやっ、くううう」

鈍く光るレンズに驚いて顔を後ろに向けて叫んだ美織だったが、その瞬間、いままで一番の強い便意が襲ってきた。

「くううう、いやあああ、あああっ、ああああああああ」

こんなみじめな姿を映像におさめられるのは嫌だと、美織は懸命にアナルに力を込めるが、もう押し寄せる排泄物の力のほうが遥かに勝っていた。

「あっ、あああ、見ないで、あああっ、撮らないでえええ、あああっ」

地獄のような羞恥に身を焦がす美織のアナルを、濁流が突き破った。

「ほら、花が開いたぞ」

セピア色をした肛肉が大きくめくれたあと、まさに蕾が開くように拡がった。

そこを茶色い液体が勢いよく飛び出し、放物線を描いて水槽にぶつかる。

「ああっ、いやあっ、ああっ、こんなの、ああっ、あああ」

いっそ殺してほしい。美織は心底そう思うが、いったん暴発した便意はもう自分の意志ではどうにもならない。

茶色い水流は水槽の水を濁らせ、あたりには排泄物の臭気がたちこめた。

「けっこう臭いな、ははは」

顔の前を手で仰ぐそぶりをしながら選手たちは笑っている。

「いやあああ、お願い、あああっ、離れて」

その言葉にさらに辱められ、美織は涙を浮かべながら、いつしか水流からドロドロとした汚泥へと変化した排泄物を出しつづける。

もう水槽の水は茶色に染まり、落ちていく軟便が音を立てていた。

(もう私は人間じゃない……)

人前でアナルをこれでもかと開いて汚物をまき散らす。

バレー界のアイドルと呼ばれるのは嫌いだったが、輝いていた頃の自分からあまりにかけ離れた姿に美織は心を締めつけられる。

「あああ……ああ……だめ……まだ出ちゃう……あああ」

心が悲しみに満たされると美織は不思議な感覚に囚われていた。

もうこれ以上堕ちようがないというくらいにまで生き恥を晒すなか、不思議と身体が熱くなっていくのだ。

(私がマゾだから……)

そのまま身も心も満たされていく気がする。美織は自分の中に眠っていた禁断の性癖をいつしか自覚していた。

「まだ出るのか。溜め込んでたんだな、美織コーチ」

選手たちは逆に、水槽を摑んだ手や突き出したヒップを震わせながら排泄を続ける美女に、サディスティックな感情を剝き出しにして笑っている。

「もっと笑って、ああっ、はうっ、くううううう」

開き直ったような思いで美織が叫ぶと同時に、最後の大物が裏門を押し拡げていく。

「おおっ、すげえでかいクソだ」

焦げ茶色のかたまりが顔を出し、括約筋が伸びきって口を開く。取り憑かれている青年たちは身を乗り出して、その拳大の物体が飛び出す瞬間を見つめている。

「ああっ、出ちゃう、あああっ、ああああ」

これでもかと拡張されたアナルから、快感が突きあがるのを覚えながら、美織は背中をのけぞらせ絶叫と共にかたまりを水面に落とした。

第六章　陰核とアナルの強烈ダブル責め

「ふふ。尻の穴もいいのか、美織くん」

排泄を晒した数日後、美織は以前、健吾に責められた料亭に呼びだされ、同じように後ろ手縛りで鴨居《かもい》に吊るされていた。

「あっ、いやっ、あああっ、あああん」

左の膝もロープで吊りあげられて、片脚立ちの体勢をとらされているのも同じだが、今日は最初からユニホームなしの全裸であることと、黒い布で目隠しをされているのが違っていた。

「前の穴もどうだ」

片脚吊りにされて晒された股間を隠すこともできない美織の秘裂とアナルに、それぞれバイブが深く突き刺さっていた。

前の穴をイボ付きバイブで健吾が責め、後ろは卓球のボールを連ねたような器具で龍太郎が責めている。

それぞれが強く振動していて、美織の敏感な粘膜を刺激していた。

「ああっ、いやっ、あああん、許してえ、あああっ、あああっ」

選手たちとのセックスによってすっかり開発されてしまった媚肉をイボ付きのバイブがピストンすると、子宮が震えるような快感に絞り出された乳房まで波打つ。

そして初めて責められているアナルのほうも、振動する玉が抜き差しされて開閉を繰り返されるたびに、甘い痺れをまき散らすのだ。

(ああ……お尻もすごく感じている……)

肛肉の奥にある腸のほうも硬い器具が擦れるのが心地いい。

本来ならばセックスをする場所ではない器官で快感を得ているのが信じられない。

「あああ、だめえ、あああん、あああ」

なのに喘ぎ声は止まらず、美織は目隠しをされた顔を引き攣らせながら、唇を大きく割り開いてよがり泣くのだ。

(私は変態女……)

そんな思いがマゾの性感まで刺激して、肌がピリピリと痺れていく。

美織はもう全身が溶け堕ちていくような感覚に囚われながら、暗闇の中でひたすらに喘いでいた。

「どうだアナルもなかなか気持ちいいだろう」

二穴を交互にピストンされる美織の耳に、龍太郎の声が聞こえてきた。

「ああっ、いやっ、あああっ、あああああ」

もう腸を擦られるのもたまらないのだが、それをすぐに認めることはできずに美織は首を横に振った。

ただ喘ぎ声は止まらず、否定の言葉も出てこない。

「なら後ろだけで試してみるかね」

そんな美織の追いつめられた気持ちを察したかのような、龍太郎の声が聞こえた。

秘裂に挿入されているイボ付きバイブが引き抜かれ、お尻のほうのバイブのみが大きく前後しはじめる。

「ひあっ、ああっ、これだめです。あああん、あああああ」

連なる玉が引き抜かれるたびに肛肉が大きく開いてめくれる。その際に擬似的に排便させられているような感覚に陥り、美織は人前で浣腸排泄した日を蘇《よみがえ》らせる。

「お、奥、だめっ、あああっ、あああああ」

「こうか、ほれ」

玉が押し込まれたら腸が振動する硬いもので深く抉られ、美織は縄に絞られた巨乳を揺らして悶絶する。

身体と左膝を鴨居から吊るしているロープを軋ませ、グラマラスな肉体をよじらせる美女に龍太郎はさらにバイブを強く腸壁に突き立てるのだ。

「あああっ、いやあ、はあああん、あああっ、あああ」

アナルと腸。交互に湧きあがる快感に美織は息つく暇もなくよがりつづける。

こんな場所で感じてはならないと考える余裕すらもうなく、ただひたすらに、歪んだHカップを弾ませ、片脚を吊られたムチムチの下半身をよじらせて狂うのだ。

「もっときつくしてやろう」

龍太郎の声がすると同時にバイブの振動がまた強くなった。

「ひっ、だめっ、あああっ、はあああん」

連なる玉が激しく震え、肛肉と腸壁に強烈な振動が伝わる。

目隠しで視界を塞がれているぶん、全身の感度が上がっていて、とくに腸は完全に性器となっていた。

「あああっ、ひああっ、あああっ、これだめっ、あああっ、あああ」

暗闇の中でただアナルと直腸の快感に悶え泣いている美織は、もう肌にロープが食い込むのも心地がいい。

身体を締めあげられている感覚がたまらなかった。

「ほら、ちゃんと言いなさい。気持ちいいんだろう。アナルで感じているんだろう」

バイブのピストンを激しくしながら龍太郎が耳元で囁いてきた。

「ひうっ、あああっ、いい……ああああん、お尻、たまらないです、あああん」

暗闇がどこかこの空間にいるのは自分だけだと錯覚させる。

そんな中で耳に響く悪魔の声で煽られ、ただ快感に従順になっていくのだ。

「康介も引くだろうなあ、嫁さんのこんな姿を見たら」

「あああっ、言わないで、ああっ、康介さん、あああん、ごめんなさい、美織は、はあああん、お尻で感じちゃってるのう、あああっ」

もう脳まで痺れきり、美織はついに大声をあげて、縛られた身体をのけぞらせた。

バイブは大きくピストンされていて、玉が三、四個一気に引き出される。開閉を繰り返す肛肉からの快感はすべてを奪うくらいに気持ちよかった。

「ああっ、だめっ、あああああっ、会長。あああん、美織、お尻で、あああ」

そして美織は自分が悦楽の頂点に向かっていることを自覚した。

前の穴ともクリトリスとも違う、重たくて腰骨全体が痺れるような快感が大きく膨らんだ。

「くく、ケツの穴でイクとはお前は本物の変態だな。ならばマゾらしくみんなに見られながらのぼりつめろ」

龍太郎のそんな声が聞こえてくると同時に、急にバイブの振動が緩くなり、ピストンも止まった。

「えっ、みんな？」

膨らんでいた快感がおさまっていくなか、美織は龍太郎の言葉が引っかかった。

ここには彼と健吾の二人しかいなかったはずなのに。戸惑って首を動かす美織から、目隠しの布がはらりと落ちた。

「あ……」

部屋がかなり明るいのですぐに目が慣れなかったが、徐々に人影が見えてきた。

料亭の畳の上に一人、二人、いや五人以上が座っていた。

「いっ、いやっ、ああっ」

ようやく視界が戻り、その男たちの顔がはっきりとすると、美織は悲鳴をあげて片脚吊りの身体をくねらせる。

座っているのは選手たちではなく、中年の男たちで、美織もよく知る顔ばかりだ。

「ど、どうして」

すぐそばに立っている龍太郎に顔を向けて美織は声を震わせる。

男たちは全員、バレーボール協会の理事の人間だったのだ。

「なにを言ってるんだ。ここにいる者が全員、賛成したら康介くんの監督就任は確実だぞ。君がいかにがんばるかでそれが決まる、ただまあ、この有様では自分も楽しんでいるということになるがな」

吊られた美織の横に立つ龍太郎が縄にくびれた巨乳をゆっくりと揉みながら言った。

「あああっ、そんなのいやっ、ああああん、見ないでください、あっ、はっ」

いくらなんでも半数以上の理事にこんな姿を晒させるとはあまりにひどい。全員が現役時代から何度も話したり、励まされたりしたことがあるバレー界の有力者だ。

激しい羞恥に身を焦がす美織は、アナルからゆっくりとバイブが出し入れされていることに気がついた。

「あっ、あなたは」

龍太郎の両手は乳房にあるのにと、はっとなって下を見る。そこでは畳に座った中年男がバイブの根元を摑んでいた。

「久しぶりだな、美織。お前がこんなマゾだとは知らなかったよ。自覚はあったのか？　高校時代から」

アナルのバイブを操っていたのはなんと、美織の高校のバレー部監督だった。

その後、社会人の男子チームの監督となり、去年から協会の理事もしている。

「あああっ、遠藤《えんどう》監督、あああっ、どうして、あっ、あああああ」

絶え間なく振動し、肛肉を出入りする玉に美織は喘ぎつづけながら首を振る。

健吾と同様に恩師と言える遠藤陽一《よういち》がここにいることがまだ信じられない。

「どうしてって、このいやらしい尻を嬲るためさ。俺も会長と同じようにアナル好きでな。まあ、選手にそんな気持ちは持たないようにしていたが、お前は特別だ」

遠藤は興奮気味に目を輝かせると、美織のムッチリとしたヒップを鷲づかみにして、揉みしだいてきた。

「ああっ、いやっ、遠藤監督、あああっ、おかしくなったの、あああっ、ああ」

いまだに美織は、自分の股の下に遠藤が座っているのが現実と思えない。

夢ならどうか醒めてほしい、本気でそう思っていた。

「柔らかくて張りのあるいい尻だ。俺がおかしくなっているとしたら、お前のこのケツのせいだ」

遠藤はほとんど叫んでいるような大声で言いながら、バイブの根元にあるスイッチを何度か押した。

ボタンが押されるたびに振動がきつくなり、すっかり敏感になっている腸壁が凄まじい強さで震わされた。

「ああっ、だめえええ、あああっ、はあああん」

完全に目覚めてしまっている腸壁に強烈な刺激を与えられ、美織は後ろ手縛りの上半身をのけぞらせて絶叫する。

縄に絞られたHカップが大きく弾み、身体と脚を吊り下げているロープがギシギシと軋んだ。

「尻の穴を責められて、オマ×コからヨダレが垂れてるぞ、美織」

「あああん、だって、あああっ、私、あああっ、あああああ」

禁断の快感にもう全身が燃えさかっていて、当然ながら媚肉も強く反応している。

ピンク色の秘裂はぱっくりと膣口が開き、まさにヨダレのように愛液を垂れ流している有様だった。

「あああっ、だって、あああああん、こんなにお尻を、あああっ」

連なる玉が高速で出し入れされ、アナルが開閉を繰り返す。

そこに直腸を抉られ震わされる快感も上乗せされ、美織はもう完全に悩乱していた。

「尻の穴が気持ちいいのか、加藤美織」

部屋にいる他の理事たちからも声が飛ぶ。全員が目をギラつかせ、バレー界のアイドルが肛肉責めに溺れる姿を見つめていた。

「あああっ、いい、あああん、気持ちいい。ああっ、お尻の穴、たまらない」

その視線を意識すると、心が強く締めつけられ、それがマゾの昂《たかぶ》りに変化する。

美織はもう開き直るような思いに囚われ、こうなったら徹底的に生き恥を晒してやろうとさえ思うのだ。

「あああっ、イク、あああっ、美織、アナルでイキます」

ついには自ら股間を突き出す動きまで見せながら、美織は縄が食い込んだ身体をのけぞらせた。

開かれた内腿がビクビクと痙攣し、巨大な乳房が波を打つ。

「あああっ、イクうううう」

いままでのエクスタシーとは違う、腸全体が脈打っているような感覚に囚われながら、美織はグラマラスな身体を何度も引き攣らせた。

もう意識も怪しくなっていて、視界の中にある居並んだ理事たちも現実味がない。

「マ×コがすごく動いてるぞ、美織。アナルでイッて前の穴までヒクつかせるなんて、お前は本物の変態だ」

　靄がかかったような意識の中で、アナルバイブを操るかつての恩師の声がやけに耳に響いていた。

「あっ、ああん、ごめんなさい監督、あああん、美織はどうしようもない女です」

　もう無意識のそう叫びながら、美織は片脚吊りの身体を何度も痙攣させるのだった。

「どうだった？　康介。うわっ」

　ついにアナルでイキ果てたバレー界のヒロインを見届けたあと、健吾はあとを会長の龍太郎や理事たちに任せ、同じ料亭の中にある別室に来ていた。

　そこはテーブルにいくつものモニターが並べられていて、美織が責められる姿を映す隠しカメラの映像を見ることができるようになっていた。

「監督……」

　少し痩せたような気がする康介は畳の上に座ったまま、目だけをやけにギラギラとさせている。

　その傍らには射精した精子を拭いたとおぼしきティッシュペーパーがいくつも転が

っていた。

部屋に入るなり健吾が声をあげてしまったのは、むっとするような生臭い香りがたちこめていたからだ。

「もうたまりません。しごく手が止まりませんよ」

少し虚ろな様子でいまも康介は自分の股間をまさぐっている。

こちらに背中を向けているとはいえ、健吾が部屋に入ってきても隠すそぶりも見せない。

(完全に取り憑かれている)

かつての弟子はもう寝取られの興奮に魅入られ、抜け出せなくなっているのだと健吾は悟った。

「これから美織はどうなるんですか?」

疲れた様子を見せてはいるが、声を期待にうわずらせて、康介は入口に立つ健吾を見あげてきた。

画面の中では、人数が多いためもう少し広い部屋に移動した美織が、座卓に大の字で縛られた姿が映っている。

仰向けでも横に流れないHカップの張りの強い乳房や、漆黒の草むらを晒したまま、大柄な男たちに取り囲まれていた。

「そうだな……いよいよあれをやろうと思っている」

色欲に溺れているのは目の前の康介だけではない。美織もまた引いて撮影している
カメラを通してでもわかるくらいに、切なそうに唇を半開きにしたまま、拘束された
身体をくねらせている。

取り囲む男たちは誰も触れていないのに肉欲をたぎらせ、腰を自ら浮かしたりして
いる。その姿がまた康介の心を刺激しているのだろう。

そしていよいよ健吾も調教の仕上げに入るつもりだ。

「美織のクリトリスを糸吊りにする」

いつしか自身も興奮に声をうわずらせながら健吾がその言葉を言うと、康介が背中
をビクッと引き攣らせて、画面の中で大の字の妻を見た。

「いまならまだ引き返せるぞ、康介。やめるのなら……」

「いえっ、どうか最後までお願いします」

健吾が言い終わる前に、康介が言葉を被せてきた。

「そうか、あそこの会社が希望か。なら俺の後輩が部長やってるから一度会いにいっ

てみるか？」

「ほんとうですか、ぜひ」

美織はアナルでイカされた部屋の倍以上はある広い畳敷きの和室に移動させられ、座卓のうえに手脚を開かれて縛られた。

そこにキャプテンや茶髪などN大のレギュラー選手が合流し、話をしている。

理事の一人に三年生の選手が就職の相談をしていた。

「あ……ああ……」

彼らはみんな、思い思いにビールを飲んだり、バレーの話をしながら、美織の肉体を見つめ、ピンクの媚肉の肉厚がどうだとか、乳房の張りがいいなどと批評している。

ただ身体にはほとんど触れてこなかった。

（ああ……私……ああ……）

四肢を大の字に開いて女のすべてを晒しているのに、肉体への刺激はほとんどない。

ただ視線だけを受ける状態に置かれ、美織は身体の芯が熱くなるのを感じていた。

「いやっ、あっ、ああ……ああ……」

大きな瞳を妖しく潤ませた美織は、半開きの唇から湿った吐息を漏らしながら、もう小さな喘ぎ声を止められなかった。

「しかしずっと濡れっぱなしだな。とんでもない淫乱だ」

そんな美織を見て理事の一人が嘲笑する。

ただ言われても仕方がないくらいに、美織の秘裂は大きく口を開き、愛液をだらだらと垂れ流していた。

（そうよ……私はどうしようもない女……）

先ほど、突然視界の中に現れた理事たちに怯えながらも、アナルという禁断の場所で絶頂を極めたことが美織の心にさらなる変化をもたらしていた。

自分はマゾだと叫びながら腸の快感の身を委ねた瞬間、身体だけでなく心もたまらなく満たされたのだった。

（こんな気持ちになったのは康介さんと結婚してから一度も……ううん、バレーで勝ったときも……）

美織は全日本のエースアタッカーとして数々の勝利やメダルを手にしてきた。

もちろん涙が溢れるほど感激もしたし、充実感もあったが、人前で嬲られみじめな姿を晒したあとの身も心も蕩けるようなこの思いはすべてにまさる気がする。

（ごめんなさい……康介さん……私、だめな女になってしまったわ……）

自分は本物のクズになってしまったと美織は悲しんだ。ただその感情もまたマゾの性感を昂らせる有様だった。

「乳首もビンビンだな」

衆人環視の状況にマゾの炎を燃やすあまり、天を衝くように硬化しているピンクの突起を理事の一人が指で弾いた。

「あっ、だめっ、はうっ」

それほど強くはされていないのに、美織は長い手脚が引っ張られている白い身体を震わせて引き攣った声をあげてしまった。

自分でも驚くような反応で、触れられたのは乳首なのにクリトリスや膣奥までもがヒクヒクと脈動していた。

「しかしあの清純で知られた加藤美織がこんな声出すなんてな」

周りを取り囲んだ中年男たちが美織のあまりに敏感な反応に笑いだした。

「ああ……言わないでください……」

頬を真っ赤にして美織は顔を横に伏せた。

蔑《さげす》みの目線を大の字の肉体に浴びると、さらに身体の内が熱くなっていく。

(どうして……一回だけ……ああ……いやっ)

乳首に触れられたあと、男たちは手を引いてしまった。

疼く身体はさらなる愛撫を求めてもうじれきっているというのに、心のほうも晒し者にされる快感に震えているのに、それ以上の刺激はもらえない。

（ああ……もうおかしくなっちゃう）

もし手が自由なら、理事や選手たちの前でなりふりかまわずにオナニーを始めていたかもしれない。

そのくらいに美織の肉欲は燃えさかっていた。

「お待たせしまして」

半開きの唇から責めを請う言葉がいまにも出そうになったとき、健吾が小さな段ボール箱を手にして戻ってきた。

彼の大きな手で覆えるくらいのその箱から取り出されたのは、釣り用のテグス糸だった。

「おい、お前ら。二人肩車してこの糸をあそこに通してくれ」

畳に座っている選手二人にそう言って、健吾は天井を指差した。

この広間の天井下には太い木の梁が横断していて、言われたとおりに選手たちは肩車して糸を通した。

「えっ、まっ、まさか」

通されたナイロンのテグス糸がするすると降りてきて、ちょうど座卓で開きにされている美織の股間のあたりに下りてきた。

半透明の糸を首だけ起こして見つめた美織は、以前に健吾から聞いた男の肉棒や女の肉芽を吊すプレイのことを思い出していた。

「そうだ。いまから皆さんの前でクリトリスの糸吊りを披露するんだ」

梁《はり》を通って下に戻ってきたテグス糸を引っ張りながら、健吾は不気味に笑った。

理事や選手たちもいっせいに身を乗り出し、これから始まる淫靡なショーに目を輝かせている。

「そんな……ああ……いやっ、怖い、ああ」

糸の先端がクリトリスに軽く触れ、美織はビクッと大の字の身体を震わせた。

そのとき自分の拒絶の言葉を口にしていないことにはっとなった。

(私……受け入れようとしているの？)

以前の自分なら無駄だとわかっていても手脚をばたつかせて必死で抵抗しようとしていただろう。

女の最も敏感な突起を糸で吊られると言われているのに、美織は怯えてはいるものの拒否しようとは思っていないのか。

「ああ……私……どうしたら、ああっ、ああ……」

恐怖と期待が混ざり合うような感覚の中で、美織はさらに混乱し、胸板の上で大きく盛りあがった巨乳が弾むくらいに腰をよじらせるのだ。

「そのままじっとしているだけでいいんだ。さあ、いくぞ」

健吾はそんな美織のマゾの燃えあがりを察したのか、やけに優しい口調で声をかけながら、大量の愛液に濡れ光る秘裂の上側にあるピンクの突起に糸を回した。

「ああっ、監督、あああっ、だめ……ああ……」

切ない声はあげているものの、美織は身体の動きを止めて、健吾のされるがままになる。

クリトリスに二回三回と糸が巻きつけられしっかりと結ばれる。

「あっ、あああっ、これ、あああっ、だめ、あああん」

包皮が剝かれたまま突起が糸で絞られ、敏感さが増して空気が触れているだけでも微妙な快感が湧きあがる。

ぷっくりと膨らんだ肉芽をみんなが覗き込んでいて、その視線が美織の羞恥心と快感をさらに煽りたてるのだ。

「どうだ？　クリトリスを吊られた感想は」

健吾は梁を通って垂れ下がっている糸の反対側を軽く引いた。

「ひっ、ひあっ、あああっ、だめえ、あぁっ、ああっ」

鋭敏な肉の突起が絞られたまま上に引っ張られる。その痛みに美織は瞳を大きく見開いて絶叫する。

少しでもこの苦痛を和らげようと腰が無意識に浮く。

「あっ、監督、あああん、引かないで、ああっ、あああ」

ただ両手脚を大の字に固定されている状態なので、お尻を浮かせるにも限界がある。ピンクのクリトリスが大きく引き延ばされ、男たちはその無惨な姿にゴクリと唾を飲んだ。

「最初は痛いかもしれんがだんだんと癖になるぞ、ふふふ」

健吾は恐ろしい言葉を口にして笑うと、先ほどの段ボール箱の中から釣り用の鉛の錘《おもり》を取り出した。

「ま、まさか、いっいや」

「そのまさかだよ、くくく」

サディスティックな嗜好を持つ健吾は、涙を流して狼狽える愛弟子を楽しげに見つめながら、糸の反対側にその錘を結んだ。

そして美織の顔を見つめたまま、ゆっくりと手を離した。

「ひっ、ひいいいいいい」

錘の重さが加わり、糸が強く張り詰める。

クリトリスがさらに引き延ばされ、出したことがないような悲鳴と共に、美織はさらに腰を浮かせた。

「ああっ、こんなの、あああっ、いやあっ、緩めて、くううう、ううう」

もう頭を支点にしてブリッジをしているような状態に身体はなっていて、張りの強い巨乳も鎖骨のほうに寄っている。

「すごい、クリトリスってあんなに伸びるんだ」

選手の一人が驚きながら、上に引っ張られているピンクの突起を凝視している。

(ああ……私はもう生け贄なんだわ。もうなにをされても身を委ねるしかない)

悶え苦しむ美織の脳裏に、また昔見た生け贄の少女の姿が蘇《よみがえ》った。

もう自分はこの魔物たちに蹂躙され尽くすしかないのだと、そう美織が思ったとき、身体をマゾの熱い昂りが突き抜けていく。

「あああっ、あああん、私、あああっ、あああぁ」

ずっと歯を食いしばっていた口もいつしか開き、声色《こわいろ》もわずかに変化していた。

痛みがあることにかわりはないのだが、その痛みが自分の心の穴を埋めてくれるようなそんな気がするのだ。

「はうっ、あああっ、あああん、ああああっ」

こんなみじめな姿を現役時代から顔見知りの理事たちに見つめてられている。

その思いもまた被虐の性感を掻き立て、美織はいつしか頭の芯まで酔いしれていくのだった。

「ふふ、伸びてる。くくく、どれ、ちょっと気持ちよくしてやろうか」

そう言って、座卓の上でお尻を浮かせている美織の股間に身を乗り出してきた理事の一人が、毛筆用の筆を出してきた。

「ひっ、いやっ、いまされたら、ああああっ、お願いです」

ここでも美織が恐怖しているのは伸ばされたクリトリスを刺激されることに対してではなく、快感にとんでもない醜態を晒してしまうであろう自分に対してだった。

「ひひ、好きなだけ感じていいんだぞ」

当然ながらそんな要求を聞いてもらえるはずもなく、筆がゆっくりと糸が巻き付けられた肉の突起を撫であげた。

「はあああん、いやあああ、あああっ、あああああん、あああ」

吊りあげられているおかげで驚くほど敏感になっているクリトリスを柔らかい毛先がそっと撫であげる。

何度も健吾たちの責めによってクリでイカされてきたが、快感はその何倍にも思えた。

「ああっ、ひああああっ、あああああん、だめええ、あああっ、あああ」

座卓の上で四肢を開かれ、お尻を浮かせてブリッジした身体を美織は激しくよじらせ、唇を大きく開いて絶叫を繰り返す。

一瞬で意識も怪しくなり、筆が触れるたびに持ちあげているヒップがキュッキュッと締まって反応していた。

(ああ……すごい……こんなの無理……あああ……)

筆の動きも激しさを増し、いっしょに快感も強くなっていく。

わずかな間に美織は頭の芯まで痺れきり、こんな強い快感に逆らえる女がいるのかとさえ思うのだ。

「すごい声だな、旦那に申しわけないと思わんのかな」

胸板の上で大きく盛りあがる巨乳を躍らせて喘ぎつづける美織の顔を覗き込んで、理事の一人が蔑むような笑い声をあげた。

「あああっ、ごめんなさい、康介さん。あああん、ああっ、すごいの、あああん、吊られたクリちゃん擦られるのたまらないの、あああん」

快感があまりに強すぎて、脳が混乱している美織はその言葉に無意識に反応してしまった。

「そうか吊られるのがそんなに気持ちいいのか。じゃあ、追加だ」

自分がとんでもない発言をしているという自覚すらもう持てなかった。

健吾はすべてを悦楽に呑み込まれている美織を見下ろして言うと、もう一つ釣り用の錘を取り出して、余っている糸に結んだ。

「ひっ、ひいいいいいい」

錘が二つになり糸がギシギシと音を立てる。美織はさらに背中を弓なりにして腰を浮かせてクリトリスが引き伸ばされる感覚に絶叫した。

「ほれこっちはこいつで」

筆を操っていた理事を押しのけ、会長の龍太郎がピンクローターを伸ばしてきた。

限界のなどとっくに超えるくらいに引っ張られ、小指の先ほどに肥大化しているクリトリスが強く震わされた。

「あああああっ、ひいいいい、死んじゃう、ああっ、あああ」

その快感はあまりに強烈で、美織はもう息をするのも忘れ、全身をビクビクと痙攣させて悲鳴をあげる。

大きな瞳からは自然と涙が溢れ、ほとんど正気を保てないまま、快感にのたうっていた。

「あああっ、もうだめえ、あああっ、美織イキます」

そして美織は自分が限界に向かっているのを自覚した。甘美さなどまるでない、ただ凄まじい波のような快感に呑み込まれていく。

もう現役時代の清楚な面影などまるでなく、おかしくなってしまったかと思うくらいに美しく肉感的な身体をくねらせるバレー界のヒロインに、理事も選手たちも息を飲んでいた。

「あああああっ、イクうううううう」

美織はそんな彼らの視線もたまらなく思いながら、持ちあげた腰をガクガクと痙攣させて絶頂にのぼりつめた。

全身が痺れ堕ちていくような感覚の中で、美織は断続的にやってくるエクスタシーの波に翻弄されつづけた。

「ふふ、凄かったぞ、美織」

胸板の上の巨乳が二度三度と弾んで大の字縛りの身体から力が抜けると、健吾が錘を外して糸を緩めた。

「あ……ああ……はあああん」

まだクリトリスは結《ゆ》わえられたままだが、ようやく引き伸ばされた状態からは解放され、美織は脱力してその身を座卓に横たえた。

ただまだ絶頂の発作が続いている感じで、白い下腹のあたりがヒクヒクと小刻みに震えていた。

(ああ……すごく満たされている……私……)

こんなひどい目にあわされたというのに、美織は奇妙な満足感を覚えていた。

全身はまだ熱く痺れたままで指も動かせないくらいにクタクタなのに、心は温かいなにかに包み込まれているような、不思議な感覚だった。

「もうたまらん、美織くん、君の最後の処女をもらうぞ」

糸の張りから解放され、虚ろな瞳をしたまま長身の身体を大の字に開いてる美織の横で、龍太郎が勢いよく服を脱ぎ捨てた。

もういい歳のはずなのに、股間の肉棒は猛々しく勃起していて、大きさも反り返る角度も若い選手たちと大差ないように見えた。

「脚を解いてやれ」

龍太郎の意図を健吾が察し、選手に指示をして美織の足首を引っ張っているロープを解かせた。

立派な怒張を屹立させたまま座卓に乗った龍太郎は、美織の開放された肉感的な長い脚を持ちあげた。

「ああ……バージンって……あっ」

最後の処女という意味がわからず、虚ろな目を龍太郎に向けた美織だったが、すぐに身体で理解させられた。

熱く硬化している亀頭部が押し当てられたのは、ドロドロに濡れた秘裂ではなく、その下にあるアナルのほうだった。

「あっ、ひあっ、そこは……あっ、ああっ」

肛肉が大きく押し拡げられていき、美織はこもった声をあげて、座卓に仰向けの身体をのけぞらせた。

すぼまるアナルが拡張される違和感はすごいが、もう美織には拒絶する言葉もない。

「ふふ、どんどん入っていくぞ。初めてのくせにいやらしい尻の穴だ」

蔑みの言葉を浴びせながら龍太郎はどんどん肉棒を押し出してくる。

エラが張り出した亀頭はアナルの中にすべり込み、腸の奥に向かって侵入していた。

「ああっ、いやっ、あああっ、会長たちが、ああっ、こんなふうに」

痛みがないわけではないが、先ほどのクリトリス吊りに比べれば、軽いと思える。

しかも、バイブや張形で何度も嬲られている美織の肛門は、最初に比べたらかなりの柔軟性を持つようになっていた。

「あっ、ああっ、そこだめ、あっ、ああああ」

そして開発されているのはアナルだけではない。肉棒は未経験でも腸肉もすっかり性感帯となっている。

敏感な粘膜をエラの張り出した亀頭が擦るたびに、甘い快感が湧きあがるのだ。

「ほら、もう全部入った。いくぞ」

美織の両脚を抱《かか》えあげた龍太郎は根元までアナルに押し込んだ怒張を、前後に大きく動かしはじめる。

勢いがついて止まらない様子の龍太郎の逸物が肛肉を開閉させ、亀頭が腸の深い場所を抉り出す。

「あああっ、だめぇえ、あああん、あああっ、あああっ」

仰向けの身体の上でHカップの巨乳が激しく波打ち、ピンクの乳首が躍る。

もう美織は一瞬にして禁断の快感に呑み込まれ、唇を割って喘ぎつづけていた。

「クリトリスを糸吊りにされたばかりなのに、次は尻の穴でこんなに感じてる。信じられんな……それも初めてだろ」

いきなりのアナル挿入にも見事に反応して快感を貪《むさぼ》っている様子に、今日初めて美織の痴態を見た理事の一人が驚いている。

「美織コーチは底なしですよ。何人相手にしても、何回イッても満足しない」

その声に茶髪がニヤニヤと笑いながら答えた。

「清純派の正体見たりだな。アスリートの体力に無類の好き者か。バレーよりもこっちの才能のほうがあったんだな、はははは」

他の理事が大声で笑いだすと、みんなもつられて笑った。

「あああっ、言わないでください、ああん、あああっ、あああ」

浴びせられた言葉があまりにつらくて、美織は大きな瞳に涙を浮かべる。

ただもう否定しようという気持ちも起こらないし、喘ぎ声を抑える力も出てこない。

(ああ……私はもうただのケダモノ……セックスをするだけの女……)

自分がスター選手であることを自慢に思ったことはないが、一流のプレイヤーであるというプライドは持っていた。

ただもういまの美織は、日本代表であった自分すらも幻であったように思えた。

「ふふ、尻の穴はそんなにいいか、美織」

座卓の横に立っている健吾が錘が外された糸を軽く引いた。

「ひっ、ひあああ、ああ、だめえ、あああん、あああ」

再びクリトリスが伸ばされ、美織は痛みと快感が混じり合うような中で激しく悶絶する。

反射的に腰を浮かせそうになるが、下半身を龍太郎の腕と逸物で固定されているので、引っ張られるままになるしかない。

「だめだろう、気持ちいいのかと監督は聞いているんだ。答えないか」

ただひたすらに喘ぐばかりの美織にきつい言葉を浴びせながら、龍太郎はさらにピストンを激しくして追い込んできた。

「あっ、あああっ、いい、あああん、お尻セックス、気持ちいい、ああっ」

罵声に近いような声に操られるように、美織はアナルの快感を叫び、背中を大きくのけぞらせた。

健吾はクリトリスを吊りあげた糸を緩めたり引っ張ったりを繰り返していて、それもまたたまらなく気持ちよかった。

「はあああん、イッちゃう、あああっ、美織、もうイク」

快感にすべてを委ねている美織は、たわわな巨乳を波打たせながら、見つめる男たちに向かって限界を口にした。

「初めてのアナルでイクとは。やっぱり君は生まれついての変態の淫乱だ。情けないぞ、会長として」

そのアナルを自分で開発しておきながら、龍太郎は美織を蔑んできた。

「ああん、そうです。ああっ、美織はマゾの変態です。あああっ、お尻でイク、どうしようもない妻です、あああん、ごめんなさい、はああ、もうイク」

心の片隅に残っていた最後の想いで、美織は夫である康介に詫びながら、身体を弓なりにし、エクスタシーに呑み込まれた。

「イクうううううう」

料亭の部屋の外まで聞こえているかと心配になるような絶叫を響かせ、美織は開かれた両脚をガクガクと痙攣させる。

全身の肌を波打たせて溺れるバレー界一の美女の姿に、その場にいる男たち全員が息を飲んだ。

「くうう、俺も出すぞ。うっ」

美織の凄まじい反応に引きずられるように、龍太郎も腰を震わせる。アナルを拡張している怒張が脈打ち、粘っこい精液が蕩けた腸に向かって放たれた。

「ああっ、あああっ、たくさん、あああっ、美織のお腹の奥に来てる、ああ」

すっかり敏感になっている腸壁に熱い粘液が染み入ってくるたびに、美織は歓喜の声をあげ、うっとりと目を潤ませながら喘ぎつづける。

「あああっ、もっと出してください、あああっ、あああ」

そしてついには龍太郎に抱えられた下半身を自ら持ちあげて怒張を貪りだす。

「ううっ、まだ出る、ぞ」

「あああん、ください、あああっ、美織のお腹を真っ白にしてぇ」

欲望のこもった目で龍太郎を見つめる美織に、現役時代の面影は微塵もなかった。

「ふふ、次の機会には我々も楽しませてもらうぞ」

クリの糸吊りからのアナルセックスでさすがに精も根も尽きたのか、ただ身体を横たえる美織に、健吾はこれ以上無理だと判断した。

自分の欲望を吐き出せずに帰宅することになった理事たちから文句は出なかった。

みんな、ずっと美織に対して邪《よこしま》な気持ちを抱いていたのか、よがり狂う姿を見ただけでも満足そうだ。

「あ……ああ……」

美織は手首も開放されたが、座卓の上にそのグラマラスな長身の肉体を投げ出したまま、理事たちの言葉にもとくに反応しない。

顔には汗がまだ浮かんでいるが、表情はどこか満足げで、ムチムチの尻肉の谷間にあるアナルもヒクヒクと動きながら、白い精液を溢れさせていた。

「お前もすまなかったな、今日もおあずけをくらわせて」

選手たちは後片付けをしている。美織がこんな状態なので料亭の仲居を呼ぶわけにもいかないからだ。

健吾はその中の一人である、キャプテンに声をかけた。

「いえ、大丈夫です」

キャプテンはしっかりとした返事でそう返してきた。いつも健吾の意をくみ取ってくれて助かっていた。

「まあ、今回のトーナメントが終わったらたっぷりとな。ふふ、もし優勝したらご褒美だ。美織にどんなプレイをしてほしい？」

一部リーグの強豪校が集まるトーナメントで、二部リーグから昇格したばかりのN

大が優勝はちょっと考えづらいが、いちおう、人参はぶら下げておきたかった。

男を夢中にさせて実力以上の力を引き出す。そんな魔性が美織にはあるからだ。

「そうですね。ご主人と別居してコーチ兼寮母になってくれたら嬉しいです」

「なにっ」

真面目なタイプのキャプテンから出たとんでもない言葉に、健吾も、そして近くにいた龍太郎も目を剝いた。

いくらなんでもそれは美織が納得するはずがない。大勢の男たちにその身を蹂躙されていることを康介は知らないと彼女は思っているのだ。

「無茶を言っているのはわかってますけど。そのかわりほんとうに寮に住んでくれたら、毎日、美織コーチをイカせまくりますよ」

キャプテンは見たことがないような歪んだ笑みを浮かべると、座卓にぐったりと身体を横たえている美織の巨乳を揉みだした。

寝ていてもあまり脇に流れていない白い巨乳に指を食い込ませる彼は、飢えた獣のように目を輝かせている。

この男もまた美織の最高の身体に狂わされた一人なのだ。

「どうですか？　コーチ。きっとみんながんばりますよ」

キャプテンはもう両手で激しく美織のHカップを揉みしだき、ときおり、ピンクの乳頭を指でこね回している。

「あっ、ああっ、そんなの、ああっ」

あれだけ派手にイキ果てたあとも、美織は敏感に反応し座卓に仰向けの身体をくねらせている。

脚を閉じる気持ちももう起こらないのか、開いたままの白い太腿の付け根で、ピンクの媚肉がヒクヒクといやらしく動いている。

(さすがに無茶苦茶だ……)

健吾は会長であると同時に、同じ嗜虐趣味を持つ友人でもある龍太郎と目を見合わせた。

いくら美織が快感に溺れているとはいえ、夫思いの彼女が別居をするなどとは思えない、龍太郎も驚いた顔をしている。

「ああ……そんなの……即答できないわ……あ……」

バストを激しく揉まれながら、頬をピンクに染めている美織が出した言葉に、健吾も、そして龍太郎ももう目をひん剝いた。

どうしてはっきりと拒否しないのか、とても信じられない。

「ゆっくりと考えて答えを聞かせてください。トーナメントが始まるまでに」

「あっ、あああ……うん……あああん」

頷きながら、乳房の快感に身悶える美織は、もうこの要求を受け入れてしまうように、健吾は思った。

第七章　マゾに完堕ちした奴隷寮母

（私……ほんとうにどこまでも……）

今日はトーナメントの準決勝。新参入ながらN大はベスト四まで進出していた。

大躍進の裏側には、もともと一部リーグに上がるとも思われていなかったチームだったので相手にデータや対策がまるでないとか、リーグ戦で優勝したチームが不祥事で欠場しているとかいろいろあるが、それでも実力以上の力を出している。

「いけいけ、N大っ」

試合には出られず、スタンドから応援となっている選手たちも気合いが入っている。

美織はいけないと思いながらも、キャプテンのあの要求を受け入れてしまっていた。

（このまま優勝したら……毎日、彼らに……）

トーナメントで優勝したら、美織は夫と別居して寮母となって暮らす。

そして性欲が有り余る二十数人の青年たちに毎日犯し抜かれるのだ。

「あ……いや……」

コートで躍動する選手たちの股間が目に入ると、今日はN大のチーム名がプリントされた普通のジャージを着ている身体が強く疼く。

別居するかもしれないということを夫康介には相談すらしていない。だが美織はこの身体の疼きに操られるように頷いてしまったのだ。

(ずっとなにもされていないから……ああ……奥が……)

クリトリスの糸吊りにあったあともアナルは犯されたが、前の穴は放置されたままだった。

そのあと健吾の命で選手たちの士気を上げるためと、美織の身体に触れるのも禁止された。

中にはまだ美織に挿入した経験がない者もいる。練習時などはそんな欲望を溜め込んだ牡の前に、美織は膝サポーターとシューズだけで参加するのだ。

(欲しい……大きいのが……)

その熱のこもった視線を浴びていると、美織の肉体は激しく燃えあがり、なにもされていない乳首は尖り、膣口からじわりと愛液が溢れ出す。

ただの露出の昂《たかぶ》りではなく肉棒を求めて全身が燃えあがるのだ。

（もう無理……ああ……今日負けたら監督はどうするのかな……ベスト四でも立派にがんばったと思うけれど）

仁王立ちしたまま試合を見つめる健吾を見て、美織はそんなことを考えてしまう。チームが躍進したのだからなにかご褒美をあげるのが当然ではないか。裸で彼らに弄《もてあそ》ばれる自分を想像しながら美織は無意識に舌なめずりまでしてしまうのだ。

「明日から大変でしょうけど。身体に気をつけてね、康介さん」

自宅のリビングで選手たちの資料に目を通していると、妻の美織が優しく声をかけてきた。

実業団チームで監督をしている康介だが、男子の高校生日本代表チームの監督が体調を崩し、急遽、監督代行として合宿に参加することになったのだ。

「君のほうこそ大変だろ。住み込みで寮母までするなんて……」

そのあとは海外での試合がありしばらく家を留守にすると言った康介に、妻の美織はならば自分もN大の寮に住み込んで選手たちの面倒を見てもいいかと訊《き》いてきた。

もちろんだが、監督代行に康介が偶然呼ばれたわけではない。もともと、監督には健康不安があり、ならば一度入院して療養したほうがいいと、龍太郎と健吾がはからったのだ。

「う……うん……でもまあ、それで選手たちががんばってくれるのならね」

美織は建前上、練習後の身体のケアなどの知識をN大の選手に直接指導するために住み込むということになっている。

元一流プレイヤーだからそのあたりの経験も豊富なのだが、そんなことが目的でないのは康介も知っている。

「俺のほうは準備ができたから。君の用意をしたらいいよ」

「そ、そうね……うん、じゃあ」

寮に泊まり込むための準備をすすめると、美織の表情が一変した。

大きな瞳が妖しく輝き、整った唇にはうっすらと笑みが浮かんでいた。

(もう期待が抑えきれないんだな……)

康介の用意を手伝ってくれている間も、いや、N大のトーナメント優勝が決まってから、美織はずっとそわそわしている。

(乳首もあんなに尖らせて……)

以前は康介の前でも寝るとき以外は下着を着けていたが、健吾の命令だろうか、妻はノーブラで過ごすことが多い。

頬を赤くして立ちあがった美織のTシャツの胸元に、一気に二つの突起が浮かびあがった。

「じゃあ、荷物つめてくるね」

笑顔でそう言って寝室に向かっていく美織の、ジーンズがはち切れそうなお尻もさらに色香を増している。

もう全身から牝の香りを漂わせる美織は、笑顔にも以前の無邪気さは消えていた。

(今度はどんな顔を見せるんだ、マゾ女の美織……)

クリトリスを吊られてイキ果て、とんでもない要求をされても、どこかうっとりとした顔で即答を避けた妻。

その様子を画面越しに見ながら、康介は何度も射精した。

「どこまでも見届けてやるからな、美織」

一人になったリビングで康介は呟きながら、股間を熱くするのだった。

(ああ……いまならまだ戻れるのかな……)

いつものように裸になった美織の頭に、ふと康介の笑顔がちらついた。

今日から美織はしばらくの間、このバレー部の寮で選手たちと共に生活する。それは淫らな悦楽の泥沼の日々が始まることを意味していた。

「ああ……でも……あああん……ごめんなさい、康介さん」

美織には選手と同じように個室が与えられた。この部屋に入るまで数人の選手たちに会ったが、全員、着ている服を貫かんばかりのギラついた視線を向けてきた。

康介の顔のあと、牡となった彼らの顔と、亀頭のエラが張り出した何本もの逸物が頭に浮かんだ。

「あああ……私、もう限界なの……あああん」

全体的にさらに丸みを帯び、女の色香を増したように思える白い身体を美織はくねらせて、切ない声をあげた。

まだなんの刺激も受けていないというのに、フルフルと揺れる巨乳の先端は尖りきり、大きく実った巨尻はピンクに染まっている。

股間のほうも触れるのが怖いくらいに燃えあがっていて、アナルもそして膣奥の疼きっぱなしだ。

（もう私はただの淫婦……変態のマゾ女なの……笑って、康介さん）

快感の虜となっているのは肉体だけではない。心のほうも現役時代にメダルを獲得したときよりも熱く昂《たかぶ》っている。

今日から休みなく肉棒に囲まれてイキつづける日々が来ると思うだけで、美織はたまらない充実感を覚えるのだ。

「康介さん、美織はバレーをするために生まれてきたんじゃないの、セックスをするためにこの世に生を受けたのよ」

自分がいままで積み重ねてきた人生すらも否定し、二十八歳の身体を疼かせながら、美織は選手たちの待つ食堂へ向かうべく部屋の扉を開いた。

「あっ、あふ、んん、あああああん、そんなに突いたら、ああっ、しゃぶれないよう」

以前と同じように敷き布団のみが敷かれた食堂の真ん中で、美織は仰向けの選手に跨がり、その巨根を秘裂に受け入れていた。

騎乗位で自ら腰を振る美織の両側にも選手がいて、太く逞しい怒張を突き出してきていた。

「ああっ、たまらない、あああん、ああっ、はあああん」

下の選手は自らも動いて肉棒をリズムよく突きあげてくる。

数週間もの間、ずっと焦らされた状態だった膣奥に生の肉棒が食い込む感触に、美織はすべてを忘れてただ貪《むさぼ》っていた。

(ああ……もうこれのためなら全部失ったっていい)

過去の栄光も、夫への愛さえも硬い逸物が肌に触れた瞬間に吹き飛んでしまった。

エラが張り出した亀頭が膣の奥を抉る感触に酔いしれながら、美織は両手で左右から突き出された怒張を握り、唇で包み込んでいくのだ。

「あふ……んんん……んく……んんんん」

音がするほど逸物をしゃぶり、カウパー液を味わって舐める。

その牡の香りにさらに頭が熱くなり、目を泳がせたまま夢中で頭を前後に振るのだ。

「くうう、美織コーチ、もう出ます、くっ」

美織の唇の中で逞しい肉茎が暴発し、粘っこく臭い精液が発射された。

それも美織は躊躇なく喉を鳴らし、さらには舌を動かしてすすろうとした。

「すごい姿だな。あの加藤美織が」

少し離れたところで美織の旧姓を呼ぶ声が聞こえた。今日は理事たちも数人来ていて、バレー界の元アイドルが乱れ狂う姿を観戦している。

「んんん……ぷはっ、ああああっ、次にしてほしい人来て」

その理事の呟きも、美織のマゾの性感を刺激する。

どこまでも堕ちていきたい。そんな想いに囚われながら、美織はHカップの巨乳を躍らせて腰を振り、両手で左右の怒張をしごくのだ。

「ううっ、美織コーチ、僕ももう出ます」

美織の腰の動きが激しすぎたのか、下から秘裂に挿入している選手が音《ね》をあげた。

「ああん、出して、あああっ、お薬飲んでるから、あああん、私もイキそう」

彼の限界の言葉を聞いて美織はもう身体ごと上下に揺すって、天を衝く怒張を貪る。

媚肉を張り出したカリ首に擦りつけるたびに、腰骨が痺れるような快感が突き抜けていった。

「はあああん、美織、ああああん、イクわ、ああん、イッてるオマ×コに精子ちょうだい、あああああっ」

瞳を妖しく輝かせ、美織は背中を弓なりにする。男の股間に跨がっているムチムチのヒップがキュッと締まり、巨乳がちぎれるかと思うくらいに弾んだ。

「あああああん、イクうううう」

まさに雄叫びのような声と共にグラマラスな長身の身体がビクッビクッと大きな痙攣を見せる。

その顔は恍惚としていて、唇には笑みさえ浮かんでいた。

「うっ、僕も、イク」

下から打ち込まれている怒張が膣内で膨張し、精液が放たれた。

「あああん、すごく出てる、あああっ、子宮に来てる、あああん、あああ」

粘り気を持ったまま膣奥に染み入ってくる精液の感触に、美織はさらに肉体を歓喜させ、悦楽に悶えつづける。

男の精子に自分が染められていく感覚がたまらなく心地よかった。

「くうう、俺ももう出ます」

「僕も」

左右に立って美織に肉棒をしごかれている二人も続けて声をあげた。

「出して、あああっ、美織にかけて、ああん」

手の中で爆発した二本の怒張から白い液体が迸《ほとばし》り、騎乗位で跨がる美織のショートボブの髪や赤らんだ頬にかけられる。

美織は歓喜した表情でそれを受け止め、唇についた分をおいしそうに舌で舐め取るのだった。

「あっ……ああ……」

もう何度目かわからない中出しを膣奥に受けたあと、美織はぐったりと食堂に敷き詰められた布団に肉感的なボディを横たえていた。

選手たちのほとんどを射精させただけでなく、美織も数えきれないほどエクスタシーにのぼりつめているので、もう精も根も尽き果てている感じだ。

「それにしてもすごいな。これだけボロボロになってもたまらなくそそる」

こちらも美織と一戦終えた理事の一人が、感心したように言った。

彼も言葉どおり、普通の女なら泣きが入っているであろうくらいに、何本もの怒張で犯され、女の極みに追いあげられても、美織の肉体からは悲惨さどころかさらに淫らな雰囲気が醸し出されていた。

「まさに天性の淫婦だよ。バレー選手にならなかったらAV女優にでもなっていただろうな」

たっぷりと肉が乗った桃尻を横寝の状態で晒し、ピンクの秘裂から白い精液を溢れさせている美織を見下ろして健吾が笑った。

サディストの彼は崩壊しきった美織に満足げだ。

「いまからでも遅くないでしょ。AVデビューしたら世間は大騒ぎですね」

「それ見てみたいかも」

理事たちはそんなこと言いながら美織の見事な肉体に淫靡な視線を這わせてくる。

（ああ……そんなことになったら道も歩けない……）

ただでさえ長身で目立つうえに、有名人でもある自分がアダルト女優になったら、道行く人はどんな目で見てくるのだろうか。

そう思うと美織は怖くなるのと同時に背中がゾクゾクと震えるのだ。

「そんなのだめですよ。美織コーチは僕たちのものなんですから」

どこまでも堕ちたいという願望に震える身体がいやになった美織の耳に、理事たちを否定する声が聞こえてきた。

閉じていた瞳を開いて顔を上げると、そこには全裸になっているキャプテンがいた。

「最後は僕です」

もう数えるのも疲れていて気にかけていなかったが、どうやらキャプテンで最後の一人のようだ。

彼の股間の逸物は猛々しく勃起しているだけでなく、とにかくサイズが大きい。

他の選手たちも高身長の体格に比例して巨根だが、それらよりも二回りは巨大で、大勢の選手を見てきた健吾もちょっと記憶にないと言っていた。

「さあ、舐めてください。ずっと待ってたんですよ」

成り行き上だったとはいえ、キャプテンはチームの中心選手でありながら、いまだ美織とセックスをしていなかった。

「ああ……うん……」

もう指にも力が入らなくなっている身体をどうにか起こし、美織は仁王立ちするキャプテンの前に膝立ちになった。

そして巨大な亀頭を唇で包み込んでいった。

「んく……んん……んんんん」

唇をこれでもかと引き裂く逸物を美織は口内の奥深くにまで躊躇なく呑み込み、舌を絡みつかせながら頭を振りはじめる。

ショートボブの髪の毛と、精液に濡れたHカップのバストがユラユラと揺れた。

(これが私の中に入ってくるんだ……)

張り出したエラが喉の粘膜にあたる苦しさも、そう考えるとなぜか心地いい。

汗に濡れ、力尽きたはずの身体が熱くなり、美織はいつしか夢中でしゃぶりつづけていた。

「そんなに激しくしたら出ちゃいますよ。オマ×コに入れなくてもいいんですか」

あまりに激しいフェラチオにキャプテンは腰を少しよじらせながら、美織の頭を摑んで動きを止めさせた。

「んん……ぷはっ、いやっ、欲しいわ……ああ……お願い」

もうこの巨大な肉茎に酔いしれている美織は、ねだるように言いながら、自分の唾液にまみれた亀頭を指でこね回していた。

「じゃあ、美織は今日からみんなの奥さんです、お嫁さんになりますって言って」

もう敬語を使うのもやめたキャプテンは、美織の前に膝をつきゆっくりと肩を抱き寄せてきた。

「言わなきゃ入れないよ」

キャプテンは同じ膝立ちで向かい合う美織の太腿の間に屹立した怒張を差し込む。そしてさまざまな液体にまみれている秘裂に竿を擦りつけながら、唇を重ねてきた。

「あっ、いやっ、いまキスだめ……あ……んんんんん」

もう頭の芯まで巨根に魅入られている状態でキスをされたら、なにもかも失ってしまう気がして美織は顔を背けようとするが、強引に唇を奪われる。

「んんん……んく……んんんんん」

そのまま舌を絡め取られると、美織の全身からさらに力が抜けていく。

身も心も痺れ堕ちているのに、秘裂に擦られる怒張の熱さだけはやけに生々しく感じる。

（ごめんなさい……私、康介さんを裏切ります……）

もしこのまま焦らされつづけたら、美織は頭がおかしくなってしまうと本気で思った。夫を裏切ってはならないという思いが消えたわけではないが、すべてを快感への渇望が呑み込んでいた。

「んんん……んんん……ぷはっ……ああ、わ、私を」

美織は自分から強くキャプテンの舌を吸ったあと、唇を離して彼の瞳を見つめた。

「私をみんなのお嫁さんにして、ああ、毎日、毎晩、愛されたい」

はっきりとした口調で美織はそう言い、自ら腰を動かしてキャプテンの肉棒に秘裂を擦りつけた。

ムチムチの白いヒップが前後に動き、太腿の間から亀頭が顔を出したりひっこめたりしている。

「いいぞ。自分からチ×ポを呑み込め、美織」

キャプテンは堕ちたバレー界のヒロインの笑いかけると、その場にどっかりと座った。

「は、はい」

もうコーチと選手という立場ではない。自分はこの肉棒たちの奴隷になったのだ。

美織は被虐的な感情に酔いしれながら、天を衝く巨大な肉茎の上に跨がり、丸い巨尻を下ろしていった。

「あっ、あああああん、大きい、あああっ、すごい、あっ、くうん」

自分の握りこぶしくらいはあろうかと思うキャプテンの亀頭が、膣口を大きく拡げ、膣内に侵入してきた。

骨盤ごと開かれているような圧迫感に息が詰まるが、それでも美織は怯まない。

「ああああん、美織の中、あああん、埋まってる、あああん、あああっ」

張り出した亀頭が膣道を擦りながら、どんどん中に入ってくる。

そのたびに強烈な快感が突き抜けてき、美織はもう瞳を虚ろにしてよがり泣いた。

（こんなの康介さんじゃ絶対に無理）

硬く熱い男のモノが自分の胎内を満たしていく感覚。あれだけ愛した夫をついに否定しながら美織は一気に身体を沈めた。

「あああっ、はあああん、奥に、あああっ、あああっ」

対面座位で完全につながった瞬間、頭の中でなにかが弾けたような快感に囚われ、一瞬、意識が飛んだ。

背中が無意識に弓なりとなり、キャプテンの肩を摑んでどうにか転倒を止めた。

「どうだ？　美織。俺のチ×チンは」

完全に支配者となったキャプテンは、入れただけで息も絶え絶えの美織を下から突きあげてきた。

長身でグラマラスな白い身体が、彼の膝のうえで大きく弾む。

「ああっ、あああん、すごいいい、あああん、おチ×ポ、気持ちいい、ああっ」

美織は彼にしがみつきながら、ひたすらに快感に溺れていく。

Hカップの巨乳を大きく揺らしながら、大勢の男たちが見つめる食堂に淫らな喘ぎ声をこだまさせた。

「キャプテンの巨根をずいぶんお気に入りですね」

そんな美織を茶髪が横から覗き込んで言った。

「あああん、だって、あああっ、美織のお腹の中まで届いてるんだもん」

甘えた声をあげた美織は唇を半開きにしたまま、瞳をうっとりとさせている。

巨大な逸物が子宮まで達しているような感覚があり、それが美織の心まで満たしてくれるのだ。

「ほんとに底なしの好き者ですね。美織コーチなら両方しても感じまくれるでしょ」

人妻であることもどうでもよくなっている美女コーチの後ろに回った茶髪は、向かい合うかたちになったキャプテンに目配せした。

キャプテンもわかっているといった感じで頷き、美織の身体を抱きしめたまま後ろに倒れていった。

「あっ、あああん、やっ、あっ、あああ」

いろいろな液体の染みがついた敷き布団に仰向けになったキャプテンに、美織のグラマラスな身体を覆いかぶさる。

なにが起こるのかもわからずただ喘ぐ美織にヒップの側に回った茶髪は、汗に濡れた尻肉を鷲づかみにした。

「美織コーチならきっと癖になりますよ。両穴セックス」

茶髪は勃起している肉棒を、美織のアナルに向かって押し込みはじめた。

「あああっ、お尻も同時なんて、あああん、だめえ、あああ」

目いっぱいに拡張されている膣口に続いて、肛肉まで拡がっていく感覚を覚えた美織は、激しく狼狽《うろた》える。

「ああっ、ひいいい、あああっ、死んじゃう、あああっ、あああ」

アナルを引き裂いた怒張はグイグイと腸内に侵入し、ゆっくりとピストンを始める。

呼吸が止まり、視界が揺らぐなか、美織は長い手脚をビクビクとさせてよがり泣く。

「すごいな、両方の穴があんなに拡がってるぜ」

理事の一人が二人の男を呑み込んでいる美織の股間を覗き込んで笑った。

「俺が見てきた中でも最高のマゾ牝だよ、この女は。なにをされても快感に変える」

その声を聞いた健吾が満足げに言い、重なる三人の横から手を伸ばしてくる。

平手を勢いよく振り下ろし、美織のたっぷり実った尻たぶを打ち据えた。

「あああっ、ひあっ、はあああん、あああっ、お尻、あああん」

乾いた音が食堂に何度も響き渡る。

尻肉の燃えるような熱さもまた快感へと変化し、美織に自分はどうしようもないマゾなのだとさらに自覚させた。

（お尻もオマ×コもおっぱいもすごく熱い……ああ……私はほんとうに変態セックスをするために生まれてきた女なんだわ……）

健吾に縛られる前までは、セックスは快感のためではなく子供をもうけるためにする行為だと思っていたように思う。

ただもういまの美織にとっては、肉棒を自らの肉体に受け入れるのは、最高の悦びであり、人生のすべてだ、そう思えるのだ。

「あああっ、もっと突いてえ、美織のいやらしいオマ×コとアナルを搔き回してえ、一晩中狂いたい、あああぁ」

そのためにこの鍛え抜かれた身体もあるのだと美織は思い、どこまでも肉欲に溺れ堕ちていこうと決心して叫ぶのだ。

「みんなで一晩中やりまくってあげますよ」

野太い逸物を根元まで美織の腸内に入れ終えた茶髪が激しいピストンを開始した。

「そうだ、美織。朝までイキまくれ」

もう美織のことを完全に妻のように扱っているキャプテンが下から巨乳を揉みしだきながら、その巨根を突きあげる。

「あああっ、はいい、あああああん、美織、あああっ、狂いつづけるわ、あああん」

美織もまたもう自分は彼らの奴隷妻になったのだと自覚しながら、アナルと媚肉の二つの快感に溺れていく。

「あああん、もうイク、イクわ、あああっ、はあああん」

めくるめく快感に汗に濡れた、元アスリートの見事なボディを震わせながら、美織は頂点へと向かっていった。

「くうう、締まってきた、俺もイクぞ、美織」

「俺も出しますよ。くうう、ううう」

限界を叫んだ美織に合わせるように、上下を挟んでいる二人も歯を食いしばった。

「あああっ、来てええ。あああん、美織にたくさん出してええ、ああ、イクううう」

さらに膨張した彼らの逸物に二つの穴を埋め尽くされ、美織は白い背中をのけぞらせて目を見開いた。

「ああああああ、イクうううう」

今日、最高のエクスタシーに全身をビクビクと引き攣らせ、美織はなにもかも忘れて悦楽に溺れた。

二穴のどちらで達したのかもわからないくらい、どちらも快感に痺れてきっていた。

「うう、俺もイク」

キャプテンと茶髪も同時に達し、濃い精液が美織の直腸と膣奥に浴びせられた。

「あああああん、すごい、あああん、美織幸せ、ああっ、精子きてる、あああ」

虚ろな瞳のまま美織は断片的な言葉を繰り返す。エクスタシーの波が襲いかかるたびにさらにいやらしさを増している桃尻が震えて大きく波を打っていた。

「あああ、あああああん、あああああっ、まだイッてる、ああ、ああ」

絶頂の発作はすさまじく、何度も強烈な快感が突きあがる。そのたびに美織は開いた唇の間から舌を覗かせて雄叫びをあげるのだ。

発作に脈打つ肉感的な長身美女の肢体に、数人の男たちが裸になり、美織の前に並んだ。

「ああっ、逞しいわ、ああ……美織をいっぱい突いてください」

キャプテンと茶髪の間にうつ伏せの状態で挟まれている美織に顔の前に、三本の怒張がまた突き出される。

まだ絶頂の余韻で呼吸も苦しいなか、それでも美織はうっとりとした顔をして、両手で左右の肉棒を握り、目の前の三本目には舌を這わせていく。

その歓喜に満ちた淫らな表情にはもう、かつての清楚な妻の面影も凛々しきアスリートの姿もなかった。

◎本作品の内容はフィクションであり、登場する個人名や団体名は実在のものとは一切関係ありません。

◉新人作品**大募集**◉

マドンナメイト編集部では、意欲あふれる新人作品を常時募集しております。採用された作品は、本人通知のうえ当文庫より出版されることになります。

【応募要項】未発表作品に限る。四〇〇字詰原稿用紙換算で三〇〇枚以上四〇〇枚以内。必ず梗概をお書き添えのうえ、名前・住所・電話番号を明記してお送り下さい。なお、採否にかかわらず原稿は返却いたしません。また、電話でのお問い合せはご遠慮下さい。

【送付先】〒一〇一‐八四〇五 東京都千代田区神田三崎町二‐一八‐一一 マドンナ社編集部 新人作品募集係

人妻巨乳バレーボーラー《ひとづまきょにゅうばれーぼーらー》 寝取られM化計画《ねとられえむかけいかく》

著者◉藤 隆生【ふじ・りゅうせい】

発行◉マドンナ社
発売◉二見書房
東京都千代田区神田三崎町二‐一八‐一一
電話 〇三‐三五一五‐二三一一(代表)
郵便振替 〇〇一七〇‐四‐二六三九

印刷◉株式会社堀内印刷所 製本◉株式会社村上製本所 落丁・乱丁本はお取替えいたします。定価は、カバーに表示してあります。
ISBN978-4-576-20034-7 ◉Printed in Japan ◉©R.Fuji 2020

マドンナメイトが楽しめる! マドンナ社 **電子出版**(インターネット)……https://madonna.futami.co.jp/

Madonna Mate